李正栓
主编
名家游记

[英] 戴维·赫伯特·劳伦斯 著
李正栓 徐珊珊 杨立秋 译

[德] 海因里希·伯尔 著
王密卿 徐征 译

墨西哥与爱尔兰行记

Mexico and Ireland Travel notes

长春出版社
国家一级出版社
全国百佳图书出版单位

图书在版编目（CIP）数据

墨西哥与爱尔兰行记 /（英）戴维·赫伯特·劳伦斯，
（德）海因里希·伯尔著；李正栓等译. —长春：长春
出版社，2018.1

（名家游记 / 李正栓主编）

ISBN 978-7-5445-5079-6

Ⅰ．①墨… Ⅱ．①戴… ②海… ③李… Ⅲ．①散文集
－英国－现代②散文集－德国－现代 Ⅳ．①I16

中国版本图书馆 CIP 数据核字 (2017) 第 300880 号

墨西哥与爱尔兰行记

著　　者：	[英] 戴维·赫伯特·劳伦斯　[德] 海因里希·伯尔
译　　者：	李正栓　徐珊珊　杨立秋　王密卿　徐　征
责任编辑：	程秀梅
封面设计：	清　风

出版发行　长春出版社

发行部电话：0431-88561180　　　　总编室电话：0431-88563443

地　　址：	吉林省长春市建设街 1377 号
邮　　编：	130061
网　　址：	www.cccbs.net
制　　版：	长春市大航图文制作有限公司
印　　刷：	吉林省良原印业有限公司
经　　销：	新华书店

开　　本：	787 毫米×1092 毫米　1/16
字　　数：	173 千字
印　　张：	13.5
版　　次：	2018 年 1 月第 1 版
印　　次：	2018 年 1 月第 1 次印刷
定　　价：	35.00 元

目　录

第一部分

墨西哥的早晨

[英] 戴维·赫伯特·劳伦斯　著

李正栓　徐珊珊　杨立秋　译

译者序

英国作家戴维·赫伯特·劳伦斯（David Herbert Lawrence，1885—1930）是 20 世纪上半叶英国最具创造个性和影响力的作家之一。评论界对劳伦斯颇具争议的关注和讨论从未停止，但他的游记一直处于相对被忽视状态。

劳伦斯共著有三部游记，《墨西哥的早晨》便是其中之一。旅途中，异域风光、民情民风、原始艺术等给他留下了深刻的印象。他创作的游记真实地记录了他在异域文化中的感受，也为他的其他作品的创作提供了灵感。

1923 年，劳伦斯到墨西哥游历，记录了他在旅途和客居期间的种种见闻与感思，写下了一系列随笔散文，并将它们收录到本书中。本书将带你进入一个完全崭新的地域，每一篇散文都让你尽览异域的风土人情。

墨西哥的早晨，足够清新、足够温暖，空气中弥漫着独有的淡淡味道。模仿力超强的绿鹦鹉对闲逛的白卷毛小胖狗心怀嫉妒，由此引发出一系列脑洞大开的次元论；星期天，远离城镇，徒步小游，令人印象深刻，更何况是向树林黑暗处最远的村庄前进呢。沿途有别样的风景、骑驴的女人和小牧民。抵达目的地后，会发现买橘子都是件吃力却令人难忘的事儿，连免费吃的番荔枝背后也藏着华亚帕老女人的一番小心思。但不论怎样，喝着纯净的水，仰望着完美纯净的蓝天，还是让人对明天充满期待。服务生罗萨利诺是个勤劳、可爱又古怪的家伙。与他相处，会发现墨西哥印第安人与白人的种种差别。他可是砍价的好手，买东西跟着他，准没错！可他的脾气变幻莫测，犹豫不定，这背后却隐藏着他难以启齿的过去和深深的恐惧。集市日可是热闹极了，男女老少，赶着小驴、骡子和牛车涌向城镇。他们来买东西、卖东西、讨价还价和交易。交易使人们有了接触，而这里的人们喜欢与人接触，即使是顾客讨价还价，也让卖家乐此不疲。集市上各种物品应有尽有，你可以见到巴黎最新款式的皮带，尽管对当地人来说，这只是很古老的款式；在一对夫妇卖的皮凉鞋背后，你没准儿就能发现隐藏在当地皮革制作背后的秘密。印第安人的娱乐活动很有特色，他们最普遍的娱乐活动就是一天结束之后的夜晚，大家围着鼓歌唱。在作者细致入微的描述下，带有独特情愫的歌声和鼓声仿佛就在耳边。还有黑暗中、篝火旁，伴随着鼓声而起的各种知名或不知名的舞蹈。所有这些娱乐，都那么放松，那么自然，只是轻松的一种存在而已。某些时候，歌声可以促使谷物生长，舞蹈也会。你会了解发芽玉米舞怎样让玉米快速生长，而它背后又蕴含了什么道理。你还会跟随作者和翻山越岭的三千人，一起去看看每年才举行一次的蛇舞和那些蛇祭祀者，想象一下，把响尾蛇放进嘴里是多么紧张和激动。在这之前，没准儿还可以先欣赏一下羚羊舞。最后，在皎洁的月光下，静静地，与作者一起在他乡畅饮味美思酒，庆祝圣凯瑟琳日吧。

　　除却丰富的内容，阅读劳伦斯的游记，会发现其游历过程是他自我探索、自我审视、重新发现自我的过程，从中可瞥见和略识他在异国土地上的真实心理状态。希望本书的翻译出版有助于推进我国对劳伦斯的研究。同时，劳伦斯还把自己的真实想法毫无保留地体现在自己的文字中。他的想法新奇、大胆而富含深意，能引人深思；他的笔触细腻、生动、直接、有力，定能让你眼前一亮，获得新奇的感知和无尽的遐想。

李正栓

2016 年 8 月

克拉斯密和鹦鹉

　　说起墨西哥，这里一般指的是共和国南部的一个小镇。在这个小镇上坐落着一座破败的土坯房，它建造在花园的天井周围；在房子的深处，有一条两侧树木丛生的阴凉走廊，那里有一张玛瑙桌子和三把摇椅，还有一把小木椅子、一盆康乃馨和一个握着笔的人。我们堂而皇之地讨论着"墨西哥的早晨"。而其实所有这些，不过就是一个小人物，看看头顶上那一小片天和树林，之后低头看他练习册上那一页罢了。

　　很遗憾，我们并不总能记住这个。当书上呈现了一个大标题，比如《未来的美国》或者《欧洲形势》，很遗憾我们不能立即看出这是一个胖人还是个瘦人，是坐在椅子上还是躺在床上，是在向一个短发速记员口述还是在用钢笔在纸上做小标志。

　　尽管如此，这仍旧是早上，仍旧是墨西哥。艳阳高照。即便是冬季，太阳也会一直照耀着大地。坐在户外写作是一件很美好的事情，足够清新，足够温暖。下周就是圣诞节了，所以这样的天气应该正好。

　　我能闻到一阵阵康乃馨的味道，因为它们离我最近。我还能闻到山松①的树脂味、咖啡味、一丝淡淡的树叶味、早晨的味道，甚至是墨西哥

---

　　① 原文为"ocote wood"，墨西哥的一种山松，同 Pinus montezumae。

的味道。因为当所有说完、做完之后，墨西哥便拥有了一种从她身体里散发出的独有的淡淡味道，就像每个人都会有自己的味道一样。这是一种古怪的、难以形容的味道，在这味道里混合着树脂味、汗水味、焦灼的土地味和其他东西的尿味。

公鸡依旧在打鸣，在当地居民磨面的小磨坊里，机器慵懒地工作着。几个妇女在门口高谈阔论，于是树上两只驯养的鹦鹉也开始吹口哨了。

就算我不去刻意听鹦鹉叫，它们也严重影响了我。它们机械的叫声震得我耳膜颤抖。这是两只普通的绿鹦鹉，眼睛红里透着少许蓝色，圆圆的眼睛透出幻想破灭的眼神，笨重的鼻子凸出在外。但它们专心地听着，然后再重复。罗萨利诺正拿着把树枝做的扫帚扫庭院，这一对儿的口哨声现在就像是他的声音，但不像他那样用口哨将感情发泄殆尽。当我们走近罗萨利诺的时候，其中一个人盯着他看，看他扫地时低着的那颗黝黑的头，像藏起来似的，那人不禁笑了。

鹦鹉吹的口哨简直和罗萨利诺一模一样，只是声音更胜一筹。而这更加极致的声音却是那么讽刺有趣。它们老气横秋的脸上耷拉着长长的赘肉，还有那双无神的肉眼儿，不动一块肌肉就能将罗萨利诺的声音更具表现力地重现出来。而罗萨利诺，还在用那个树枝做的扫帚扫庭院，把那些小树叶拢成一小堆儿一小堆儿的，将自己淹没在默默无闻中。他不反抗，也无力反抗。那充满野性的、流畅的印度腔口哨声高高回荡在墨西哥的早晨，铿锵有力，能量无限。而且总是、总是比罗萨利诺更胜一筹。

之后这两只鹦鹉的声音变成了断断续续的咯咯叫，它们正挪动笨拙的爪子，也许是用喙紧紧钩着，用它们冰凉缓慢的爪子上到那个更高的大树枝上，就像那些其貌不扬的小嫩芽向着阳光往上长一样。突然，又传来一声尖锐的带着嘲讽的声音：

"佩罗！哦，佩罗！佩——罗！哦，佩——罗！佩罗！"

它们正在模仿某个人的声音呼唤狗，佩罗就是狗的意思。但是，任何生物都能够发出这样一种温和的、讽刺的声音，仿佛是人类在叫狗，这真难以置信。人们咯咯笑的时候都是不由自主的。那么有人会想：这可能吗？我们是如此绝对、如此纯洁，从一开始就是荒谬的，这可能吗？

这不光是可能的，而且成了它们的专利。我们现在脑袋一团混乱了。

现在它们像狗一样狂吠，和克拉斯密的叫声完全一样。克拉斯密是一条白卷毛小胖狗，一分钟前还躺在太阳底下，现在又慢条斯理地走到走廊的阴凉地，靠着墙卧在我椅子旁边。"汪——汪——汪！唔！唔！汪——汪——汪！"这是鹦鹉发出的声音，简直就像克拉斯密看到陌生人走进门廊一样，而且声音还有点儿夸张。

我已经笑得合不拢嘴了，低头看看克拉斯密。它黄色的眼睛里透露着默然和一种不安的顺从。克拉斯密抬头看看我，带着一丝责备。它白色的小鼻子尖尖的，眼睛下面暗暗的，它整天什么也不做，只是在太阳晒得很热的时候躲进阴凉，阴凉变冷的时候起身，然后无济于事地咬它身上有跳蚤的地方。

可怜的老克拉斯密：它大概有六岁，却很顺从，顺从得让人无法形容。只是不卑微，它不甘心受罚。虽然身体是躺着的，但它的精神是崛起的。

"佩罗！哦，佩——佩罗！佩——佩罗！佩——佩——佩罗！"鹦鹉尖叫着，这种具有穿透力的奇怪叫声，似乎让大树也竖起了耳朵。这个声音属于大脑创造之前的时代，是一种能够直接穿透隔膜的声音。克拉斯密把尖尖的小鼻子扎进毛茸茸的尾巴里，闭上了眼睛，因为我在咧着嘴笑，装作要睡觉了。然后它突然开始咬身上有跳蚤的地方。

"佩——佩罗！佩——佩罗！"之后一个短暂的停留，忍住了狂吠。这个西班牙语中很难发音的"r"，发出了所有怀恨在心、销声匿迹的永世漫长。紧随其后的是小卷毛狗那般的小声犬吠。它们能够使它们的声音变得像一只小卷毛狗一样细小和没有斗志。在一阵恶意的振铃之后，它猛扑向了正对着繁星的阳光梯，并发出那个西班牙语特有的卷舌音"r"。

克拉斯密缓缓地离开了阳台，低垂着头，扑向了阳光。不对！它陷入了自我控制中，又爬了起来，用爪子抓住地面又松开，软软地迅速躺在地上。

成事在人！克拉斯密是打不倒的！这只伤心的白卷毛狗在太阳和影子中间摆动，越摆越慢。

在紧急的状况下
我既不退缩也不大哭，
在命运的恐吓下
纵使头破血流也绝不屈服。

这恰恰就是人的夸大其词，对于克拉斯密来说可能有点儿奇怪。可怜的克拉斯密清澈的黄色瞳孔。纵使那些鹦鹉总是对它尖酸刻薄，它势必要成为自己灵魂的主人。但是它不会抛开它的心胸去顾影自怜，那属于下一个进化的轮回。

我期待着某一天鹦鹉们能够和我们用符合我们胃口的英语交流。它们能够抬起头来听我们七嘴八舌地说话。但是目前来讲，它们还做不到。这一直困扰着它们。卡斯蒂利亚人、克拉斯密和罗萨利诺都更加自然。

　　我并不相信进化这种东西，进化就像被上帝①勾住的一条长线，古往今来，一直在不间断地被慢慢扭曲。我宁愿相信阿兹特克人是这么认为太阳的：那就是，整个世界先被创造之后被毁灭。太阳在剧烈地震动，而整个世界就像是许多的蜡烛被熄灭了，有些人就在这其中不停地咳嗽。然而难以让人理解和惊奇的是，太阳继续在剧烈地震动，一个崭新的世界开始大放异彩。

　　这激起了我的好奇心，这远比又长又乏味曲折的时间和进化论要好得多。我多么希望整个演示被破坏，砰！——什么都没留下，只有四处充斥的混乱。我们逃离黑暗，新的闪光点不知怎么、不知从哪里复苏了。

　　我倒是希望整个世界就这么爆炸了！当蜥蜴都变得笨拙的时候，它们也能被一两根钉子钉住了。那样小鸟们都能在黑夜中发光了，所有的鸟儿都能在黑夜里把自己抖得干干净净，一群群的火烈鸟都伸长了一条腿，就像黄昏降临了一般，鹦鹉们在中午尖叫着，好像都能说话似的，孔雀也都开屏了，仿佛黑夜里的繁星。除了这些之外，有些纯鸟类，一些笨拙的长颈怪物，它们比鳄鱼还要大，蹒跚地爬过泥沼，直到让它们停止为止。当某人新奇地触摸了这个按钮，太阳发出一声巨响，伴随着鸟儿们的乱闯乱撞，只剩下一堆鹦鹉、孔雀和火烈鸟的蛋藏在了隐蔽处，等待着动物们第二天出现后去孵化它们。

　　大象后腿直立，甩掉了后背上的泥土。鸟儿们完全目瞪口呆地看着它，这是什么？这个没翅膀没喙的老闲荡者到底叫什么？

　　不好，是鸟！白色小卷毛狗克拉斯密叫着跑出灌木丛，那个嘴部白色的鹦鹉飞出灌木丛，直冲向密林深处。而后，我们第一次在黄昏听到野马

-----

　　①　原文为"First Cause"：第一因，或造物主、上帝。

可怕的嘶叫声，伴随着狮子的吼叫声划破夜空。

至此，鸟儿都忧郁了。它们说，这是什么声音？一大片新的声音。是崭新的声音。

叶子下的鸟儿都垂头丧气了。它们说，我们的声音还有什么用，我们被打败了。

这个受欢迎的大个儿半裸鸟惊声尖叫着消失了。而只有真真正正长着羽毛的动物才能够孵蛋和存活。这也不失为一种安慰。这下云雀和那些会鸣叫的鸟儿们欢呼起来，开始鸣叫，冲出久违的旧"太阳"，至新太阳。但是孔雀、火鸡、乌鸦和鹦鹉们还不能适应这种状况。毕竟在那个充斥着鸟儿的年代里，它们才是猎首。鹦鹉才是鸟群的头领，因为它很聪明。

但是现在，可以这么说，它也就只能待在树上。它不敢下来，因为下面有白色小卷毛狗克拉斯密在游荡着。它十分苦闷。那个没有翅膀、没有喙、没有羽毛、卷毛又畸形的克拉斯密，霸占着地面，摇摇摆摆地在地上闲逛，而它这只大鼻子优雅鹦鹉，却无依无靠，只能被赶到克拉斯密够不到的树上。

就像戏院走廊里的乌合之众一样，伴随着消失的太阳，它开始叫嚣和嘲笑。克拉斯密以新主人的身份叫道："汪——汪！"鹦鹉尖叫着，仿佛在说："是的，主人！""听它说，真的！汪——汪！它说了！还有谁能比它愚蠢？汪——汪！哦，太阳神之鸟，你好好听着！汪——汪——汪！佩罗！佩罗！佩——罗！哦，佩佩——罗！"

鹦鹉此刻也开始闹情绪了。这个高鼻梁的鸟儿不想像傻傻的画眉和夜莺一样让步，来唱一首新曲子。就让它们吱吱地叫吧。在以前，鹦鹉可是绅士一族呢。它开始嘲笑了！就像那毫不起作用的老贵族一样。

"哦，佩——罗！佩——佩——罗——罗——罗！"

阿兹特克人说地球上有四个太阳，而照着我们的是第五个。第一个太阳是一只老虎或者是美洲虎，它是一个易怒的反光怪物，能够跳到任何地方大口吞咽食物。第二个太阳在一阵飓风下爆炸了，也就是说大蜥蜴一定也会崩溃。第三个太阳使洪水暴发，把它认为不需要的动物们都溺死在了水中，这其中也包括第一次尝试着做人的动物。

洪水过后，我们的太阳出现了，同时也出现了原始的人类。老象说："你好！那个是什么声音？"它摇了下耳朵，细细聆听来自地面上的新声音。是人类的声音，是语言的第一次发声。太可怕了，从未听到过的声音！大象奋拉着尾巴跑进了丛林里，然后傻傻地站在那儿盯着自己的鼻子。

但是，小白卷毛狗克拉斯密被激起了兴趣。露着两条腿的人叫道："快来！佩罗！佩罗！"克拉斯密惊呆了，"不许再叫我这个名字，要不然我就走了！"说着它跑到了这人的跟前。紧跟着前来的是马，然后是大象，着迷似的来给自己要名字。其他的动物都害怕地跑了，站在那儿瑟瑟发抖。

然而在这尘世上，蛇作为最早被废黜的君王，咬了自己的尾巴然后对自己说："另一个君王诞生了！万物之灵永远没有尽头！但是，我要伤害它的根基！就像我吞食鹦鹉蛋和吞噬克拉斯密的幼崽一样！"

鹦鹉在枝头对自己说："你好！这个半鸟兽的新物种是什么呀？为什么他能够吓得克拉斯密乖乖地小跑到他跟前！他一定是个新物种的君王！我们听听他怎么说，看看能不能把他取代。"

佩——罗！佩——佩——罗——罗！哦，佩罗！

鹦鹉发现它了。

猴子，作为最聪明的物种，在听到人类的声音后吓得尖叫怒吼。它喋喋不休地说道："为什么我不能这么做!"但是没用的，它属于旧太阳神时代。它坐下来嘀嘀咕咕地指着那看不见的深渊，聪明人说那是"另一个次元"，除非你能够用脚测量出来，那它就和以往的三个次元一样了。

如果你想深入探究，那么当你观察猴子的时候也就是在直面另一次元。无论从长度还是宽度来说，它都是合适的，并且它和你一样在同一个空间和时间范围之内。但是，还有另外一个次元。它与众不同，它和你之间没有演化这一系列的关系，就像是绳子的中心点一样，不!在你和它之间一定有一个剧变和另一个次元，这没什么好的，你和它不能也永远不能被联系在一起。这是另一个次元的事了。

它嘲笑你、讥讽你并模仿你，有的时候它甚至比你自己更像你，有趣的是你用你错误的另一张脸来笑。这是另一次元。

它站在太阳神一边，而你站在另一边。一天它挥动尾巴，你则抓伤了你的头，它戏弄你，但也惧怕你，你嘲笑它又害怕它。

猴子说，究竟你和我之间什么是长度和宽度，什么是高度和深度呢？

你拿出了一个卷尺，它突然猥琐地嘲笑着你。

这是另一次元，拿走你那卷尺，没用的。

"佩罗!哦，佩——罗!"鹦鹉尖叫着。

克拉斯密抬头望着我，好像要说：

"这是另一次元。这在这里不起作用，我们就默认了吧。"

我低下头望着它黄色的眼睛，说："你说得很对，克拉斯密，这就是另一个次元。你和我，我们都得承认。但是鹦鹉、猴子、鳄鱼，甚至是地蜈蚣，都不会承认。它们肯定蜷缩着溜进另一次元的笼子里，讨厌它。那些只会嘲笑别人的声音、那些长着嘴能咬的、那些甚至都没有嘴的昆虫，它们都卷起它们的尾巴，收起了它们的刺，按照它们自己的次元来行动。

然而，对于我来说，那是另一个次元。"

克拉斯密轻轻地摇动着它的尾巴，用它那充满智慧的眼睛望着我。它和我，我们在另一次元能够互相理解彼此的才智。

但是那只无趣的、拥有蝴蝶般圆眼睛的鹦鹉是不会拥有的，就是不会拥有。

"哦，佩 罗！佩——罗！佩——佩——罗——罗——罗！汪——汪——汪！"

那个印第安人服务生罗萨利诺用他的黑眼睛盯着我，我们也达不成一致：他躲着我拒绝我。在我们之间也存在着另一次元的鸿沟，他想要通过步测的方法度过这三次元空间，他知道这都是不可能的，我也是。别人也和我们俩一样知道这一点。

但他会模仿我，就像鹦鹉模仿他一样，甚至比我更像我自己，惟妙惟肖。我对此感到忍俊不禁，鹦鹉的哨音引起了他的注意，他向我看过来，我们相视一笑。伴随着嘲笑和大笑我们赞颂着另一次元。但是克拉斯密更为聪明一点儿，在它清澈黄色的眼睛里充满着许诺的泰然自若。

阿兹特克人说这个世界、我们的太阳神，将在地震中从内爆发，紧随而来的是另一个次元，而我们什么时候能够被取代？

第二章

步行去华亚帕

　　星期日，人的心理状态总是好奇又躁动的。人类享受的本身大体上就是一个沉闷的场面，假期与其说是一种苦工倒不如说是令人沮丧的。我拿定主意：星期天和节日里我就待在家里，和鹦鹉、克拉斯密以及变红的咖啡浆果们一起隐居在庭院里。我要避免看见人们"过得快乐"——或者说，我要尝试这样做，尽管没有什么成效。

　　星期天的早晨伴着罕见的阳光到来。即使你保持沉默，另一半也会说：让我们去个地方吧。

　　但是，谢谢上帝，在墨西哥你至少不用坐在"机器"里出发。问题在于，你是骑一匹带着木鞍的瘦马，还是一头驴或是像小孩子叫的那种"长腿人的马"——"长腿"是对自己腿的一种粗鲁不礼貌的称呼。

　　我们打算出去。"罗萨利诺，我们要去圣费利佩水域转转，你想去吗，提着这篮子。"

　　"不，先生。"

　　这是罗萨利诺必然的回答，就像鹦鹉的必然回答一样："佩罗！""不，先生。"

　　"为什么不呢，先生？"

北风昨晚一直在刮，把虫子咬过的窗框弄得嘎嘎作响。

"罗萨利诺，恐怕夜里你会冷啊。"

"不，先生。"

"这样你就能暖和点了吧?"

"是的，先生。"

然而今天早晨真是完美，一会儿工夫我们就离开了城镇。除了首都之外，墨西哥大多数的城镇都立刻消失在路途当中。就像他们曾经从天堂被扔到餐巾里一样，又被相当陌生地放在旷野里。我们绕着教堂和修道院的围墙散步，修道院如今已成了那些被遗弃的士兵的营房，不一会儿山就出现在视野里。

"我要举目遥望群山，我的力量从那里而来。"至少一个人可以一直那样做，在墨西哥。一个大步，城镇就消失了。我们面前是闪闪发光的浅桃色的黄褐色谷地，因阳光普照显得狂野而喜气洋洋。就在不远处的左边，所有堆积在褶皱山脉脚下的小山，把谷地的大草原压上了大草原的颜色。山上覆盖着轻烟似的卵果松，就像墨西哥妇女戴着一条长纱围巾，它们笼罩在浓郁的如同裂缝中的矢菊花一样蓝的蓝烟中。这就是它们的特征——最顶端是深蓝色。它就像一只趴在平原上灿烂夺目的蜥蜴，晃动着它背部脊梁下宝蓝色的胸，苍白色的肚子，还有淡红浅黄褐色的爪子。

在爪子的两极之间，有一处树木的暗斑，还有些白斑，那是带两座姊妹塔的教堂。远处，沿着山麓，零星分布着一些树木，白点处是一个大庄园，还有种着甘蔗的绿油油的广场。远处，依旧在峡谷裂缝的地方，有一块绿地生长着矮小浓密的树木，另外两处是傲然挺立的教堂。

"罗萨利诺，哪一个是圣费利佩?"

"谁知道，先生。"罗萨利诺说，他用黑色的眼睛看着那些远离大草原太阳的村庄。他的声音里有一种必然的、冷漠的共振，一种令人感动的顺从，就像是说：人是不适合知道这些事的。——印第安人不适合知道任何东西，甚至于他们自己的名字。

罗萨利诺是一个山里的印第安男孩，来自于一个走两天行程才能到的村庄。但他在这个小城市里生活已经两年了，而且学会了一点点西班牙语。

"你去过其中的村庄没有？"

"没有，先生，从来没去过。"

"你不想去吗？"

"不，先生。"

美国人一定会叫他哑铃。

我们决定去树林黑暗处最远的村庄。它神秘地独自坐落在黄褐色淡红的斜坡上，就如同一块从天堂扔在山脚下的带着一些小小白色建筑物的深绿餐巾纸，后面倾斜着峡谷的深槽，如此的孤单，仿佛从现实的世界里被分离了一样，成为一个点。

人类的生活只有在墨西哥才变得隔绝孤立，它与周围的环境微微地中断，像是一个局外人。即使你穿过平原去像瓜达拉哈拉这样的大城市，看见教堂的双塔就像两只迷路的鸟儿，并排站在沼泽地上孤独地张望，抬高白色的头望向旷野，你的心也会一紧，感觉到痛苦以及人类努力的孤独渺小。对于只有一个塔的教堂，这简直是无法想象的，一定要有两个塔，在这荒凉的世界里彼此陪伴。

很早天就亮了，耀眼的阳光还没有灼烧得那么厉害。明天是最短的一天，萨凡纳谷没有遮蔽，只有多刺的豆科灌木丛纠缠在一起。小径下面的沟槽长满了草皮——在岩石的表面附近——偶尔有在顶上休息的戴着蓝色头巾的女人和驴在沉默中轻快地走下来。闪烁，阴影。偶尔也有妇女把蔬菜带到市场去。几乎没有男人。这就是星期天。

在篮子后面昂首阔步的罗萨利诺，鼓足勇气和一个骑驴路过的女人说话："我们去的方向是圣费利佩吗？""不是，那不是圣费利佩。"——"什么，那么，它叫什么啊。"——"它叫华亚帕。"——"那么，哪个才是圣费利佩？"——"那个，"她指向她的右边。

他们用一种可听见一半的、压低的声调彼此说话，就和他们往常一样。骑驴的女人和同行的步行女人都突然转向，远离拿着篮子的罗萨利诺。他们全都躲着我们，好像我们是江洋大盗，真叫人恼火。夫人的存在只是让他们半信半疑。夫人戴着蓝绿草编的平顶帽，穿着带黑方块的白棉衣服，简直像一只不寻常的怪物。当她们用敏锐的黑眼睛打量她的时候，她们似乎在问："你是先知、鸟还是魔鬼？"我想她们选择相信她是最后一种。

女人们看着女人，男人们看着这个男人，总是用同样怀疑、询问、疑惑的神情，就像埃德加·爱伦坡看他重要的乌鸦时那般神情：

"你是先知、鸟还是魔鬼？"

"魔鬼，那么，取悦你！一个人渴望回答，用永远不再的语气。"

10 点钟，太阳越来越热。显然，从这里到华亚帕没有一点儿阴凉。山上的蓝色变薄了，太多的阳光有种难以觉察的模糊感，洒落在平原上。

路突然出现了一条裂缝，里面流着溪水。这又是美国某些地区的特色。哪里都看不见水，既没有大河，也没有小溪。穿过光线洒落的平原看去，你会想：干！干！太干了！继续走，突然来到地面的一条裂缝处，一条小溪在小寨沟的河床上流淌，那里有半码的绿色草坪和灌木丛，带叶子的帕罗布兰有着像纯白色麻纱似的大白花。或者你也可以到你下面垂直

1000 英尺以下的河边。但是不是在这个峡谷，只有溪流。

"阴凉！"夫人说着，坐在一个陡峭的岸边。

"好热啊！"罗萨利诺说，他摘下他那顶格外漂亮的草帽，坐在篮子边上。

斜坡上下来两个骑驴的女人，看到三个人散落着坐在河岸下，她们停了下来。

"再见！"我坚定地说。

"再见！"夫人羞怯地说。

"再见！"罗萨利诺谨慎地说，他的声音就像我们的影子。

"再见！再见！再见！"女人们用压抑的声音说。她们转弯，然后骑着沉默寡言摇着耳朵的驴从我们身边不动声色地经过。

当她们过去以后，罗萨利诺看我是不是笑，我咧嘴笑了一下，他还给我一个爆炸似的大笑，然后又把头埋回沉默里，张开大嘴，露出柔软的粉红色舌头，用他那蜥蜴似的黑眼睛顺着脸颊看去，这是原始的嘲笑。

一只羽翼末端带着白条、类似白头鹰的大鹰掠过我们，寻找着蛇。你可以听到它羽翼发出的嘶嘶声。

"加比兰。"罗萨利诺说。

"西班牙语里叫它什么？"

"比萨！"——他让辅音爆破，发出嘶嘶声。

"啊！"夫人说，"能从翅膀的声音中辨别它。比萨！"

"是。"罗萨利诺说，黑色的眼眸里满是不理解。

沿着溪水，有两个当地的男孩——小牧民，正在沐浴，他们弯腰屈膝，往自己身上泼水，然后站起来，满身潮湿，阳光下闪耀着深咖啡红的光芒。他们皮肤很暗，湿湿的头发很黑，似乎发出蓝色的光，就像黑暗中的闪电。

大牛穿过灌木丛慢慢前进，从上游而来。在道路涉流的地方一头大牛俯身喝水。一头奶牛，一头小牛和一头年轻的公牛在它身后。它们都喝了一点溪水，鼻子优美地点水。之后那头公牛用牛角顶住河岔，呆呆地望着，目光中带着一点儿印第安人那般的好奇和怀疑，盯着坐在河堤下面的我们。

夫人跳起来，继续往山上走，试图挽回自己的尊严。公牛倾斜身体慢慢地移动，就像拔锚的船穿过溪流。河岸上正在洗澡的男孩匆忙把棉布裤子在红润深黑的腰间系紧。印第安人都有健硕的体格，即使是这样一个小家伙。他一路小跑跑下河岸，嘴里发出鸟儿一样的声音，黑色的头发闪烁着蓝色的光。他停下来捡了一块石头，一边朝着和公牛相反的方向跑，一边把石头扔向公牛身边。"砰"的一声，笨重又大胆的小动物温顺地转弯走向溪流。"贝赛罗东！"小伙子用鸟儿般的声音喊着，挑了一块石头扔向小牛。

在炽热的太阳下我们继续爬上斜坡。树脚下有一条白线。看起来像水跑在堰上，镇上水的供应就是这样来的。也许这是一个水库，一片水，要是在这个乡村从一大片水里跑出一条溪流，该多么好啊！

"那白色的是什么？罗萨利诺，是水吗？"

"白色的？是水，先生。"哑铃说。

大概，如果夫人说的是：那是牛奶吗？他也会用同样的方式回答说：是的，牛奶，——是，它是牛奶。

热，沉默，我们在一点微光中前进，除了这点光我们几乎什么也看不见。我们爬过山嘴尖坡走向黑暗的树林，随着我们走近，那白色慢慢分解成破碎的白墙。

"啊!"夫人极度失望地说,"那不是水!是一面墙!"

"是,夫人,这是万神殿。"(他们把墓地叫作万神殿,就在这下面。)

"这是墓地。"罗萨利诺愉快地说,有些沉闷却不容置疑。但当我突然嘲笑这很荒谬的时候,他爆发出一阵大笑。他笑好像是因为违背了他的意愿,就像那伤害了他、出卖了他一样。

将近正午时分,我们终于进入了一条阴凉的小道,那里有灌溉水溢出形成的水坑。这是一条破旧的有些肮脏的小路,光秃秃的树开始冒出尖尖的猩红色的花朵,大大的黄花疲倦地坐在灌木丛的茎上。小路通向村庄。

我们进入华亚帕地区了。"这里有地雷。"一块牌子上这样写着:"这里有地雷。"另一块新牌子也这样写着,好像要确认一样。第一条街道有地雷,而且每一条街都有一个相同的旧牌子和新牌子:第一条街有木兰花,第四条街是安立奎·冈萨雷斯的①:这很有趣!

地雷第一条街其实就是一条小道,呆板的防护仙人掌以及猩猩木拦截了深红色的鬼脸花,还有又高又黑的杧果树,呆呆地垂下一串串还未成熟的果子。木兰花街是一条多岩石的流水槽,两旁栽满了仙人掌和灌木丛,水不知从哪里来,又流去何方。巴斯奎斯街是一条石头的河床,显现在高高的芦苇丛中。

到处都空无一人。穿过栅栏,半荒废的花园里种满了树和香蕉树,每一个围栏里都是半隐藏的黑色泥砖小屋,屋顶用一些瓦片建造,或许还有用树枝遮盖的天窗。一切都是隐蔽的、秘密的、寂静的。一种黑暗感笼罩着寂静的杧果树林,有种不情愿地埋伏的感觉。有些胆子不大的杂种狗朝着我们狂吠着,它们迈出了花园的门槛,使得我们不得不躲到一个大树枝

---

① 原文为"Enriquez Gonzalez",安立奎·冈萨雷斯是委内瑞拉人,是当代著名的雕塑家、画家和玩具设计师。

遮盖下的鸡圈中。我们居然跨越了它们引以为豪的标志：第五条独立大街。

如果这里没有教堂作为标志的话，那么它也不会有什么发展。这里给人的感觉处处都是强烈的对比，在那仙人掌形成的绿篱之间。但是在这些黑色泥砖砌成的小屋中间，免不了的要在一个大大的、孤独的和绝望的教堂旁边建造宏伟的白色双塔。当然，哪里有教堂哪里就有广场，一个广场就是一个佐卡罗，就是一个中心。即使轮子都不圆了，那中心也始终是中心，就像古罗马广场一样。

所以我们胆怯地向前行进着。这里的街道错综复杂，在仙人掌园中只有几条能够直行的小路，直到我们看见了瑞弗玛，走到瑞弗玛的尽头就是宏伟的教堂了。

在教堂的前面是一个有草坪的石头广场，水冲击着两个大椭圆形的水池。那个大教堂非常破败，极度荒凉，就像一些在蚂蚁世界里被活捉的衣衫褴褛的高大白人。

在广场的上方，那座又低又长的白色建筑前面有一间小屋，小屋的下面是人群，是矮小的普韦布洛族人，他们穿着白色的棉质衣服，头上戴着大帽子。他们正在听着什么，但是外面非常的寂静。他们移动起来就像白色昆虫一样。

罗萨利诺看着他们，转身走了。我们压低声音问他怎么了，罗萨利诺低声回答道，他们正在做事。但是做什么事呢？我们坚持着问。那些矮小的人们戴着大帽子把脸遮得很暗，他们用怀疑的目光看着我们，就像空气中黑色的裂缝。我们这些外地人在这个空虚村庄的存在就像教堂院落里面的鼓声一样。罗萨利诺难以理解地喃喃自语。我们穿过了这个寂寞地域向教堂走去。

星期四是索莱达的处女日，因此教堂洒满了花朵，地板上铺满了黄色的野花。那有一幅《格列佛游记》的壁画，画的是一位天使骑在哥利亚①身上的快乐旅行。在左边，圣坛的台阶附近，是一尊真人大小的基督像：他在一个台子上，穿着一条有荷叶边的女士灯笼裤，后背上披着一个丝质的紫色斗篷，头前倾着，呆呆地盯着自己赤裸的膝盖，膝盖上露出有刺绣褶边的衬裤。在拱壁后面有一个半遮掩的女人，用针线缝补着什么。

我们静静地坐在这个教堂里，教堂被白漆粉刷，上面装饰着皇家蓝色和一点点镀金。一个赤脚的、谢顶的印第安人进来了，双腿紧紧合拢跪在地上，后背挺得直直的，谦逊而不卑不亢。他的棉夹克和裤子都很破旧，好久没洗的样子，全是干燥土地的颜色，并且都扯破了，因此人们都能看到他棕色的大腿和后背。他以巨大的热情跪了几分钟之后，像个孩子一样傻傻地起身了，开始从烛台上取蜡烛。他就是教堂的司事。

外面，小屋下面的那群人依然在推推嚷嚷。我们坚持想看看发生了什么。罗萨利诺在侧面看着他们，鼓起勇气平静地说桌子边上的两个男人正在为选举而拉票：为了政府，为了美国，有一个新的领导人，无论什么，投票！投票！投票！多么滑稽的行为！在这个低建筑的墙上，我们可以看到用蓝色字体写着的"公正"和那贴着最新的政治宣传海报。人们大声地喊着："投票给这个马可②。"另一部分人说："投票给这个马可。"

亲爱的朋友们，这就是民主政治最滑稽的时候。你投票给红圈套红圈，那么你就得到了胡里奥·埃切加赖。如果你投票给一个蓝点外面套一个蓝圈，那么你就能得到苏格拉底·以西切·投斯。老天知道你投票给两个红圈战胜了其他八个后会得到什么！假设我们也试着投票了。那个幸运

---

① 原文为"Goliath"，哥利亚，《圣经》中被大卫杀死的巨人。
② 原文为"Mark"，马可，《马可福音》的作者，生于耶路撒冷。

包里面什么都有，没准到时候又出来一个类似于格里诺·芝诺·科科缇娜的名字呢。

我们要独立！政府被人民控制，源于人民，更应该为了人民！我们都生活在墨西哥的革命大道上！

广场的尽头是一家商店。我们想买点儿水果。"有橘子或者香蕉吗?"——"没有，先生。"——"没有水果吗?"——"没有!"——"有杯子吗?"——"没有。"——"有小杯吗，一种我们能用来喝水的葫芦壳?""没有。"

"No hay"意思是"这儿没有"，这句话是这片地域上用来回答不知道最常用的一句话。

"那么，那儿有什么呢?"令人不悦地露齿而笑。事实上那里只有蜡烛、肥皂、枯死的辣椒、一些晒干的蚱蜢、尘土和简陋的木质鸽子洞。什么都没有，什么都没有，没有。隔壁的另一个小洞里也有家商店。"有水果吗?"——"没有。"——"这儿有什么呀?"——"有丹板齐酒吗①?"

"为了喝醉。"罗萨利诺说，浅浅地露齿一笑。

丹板齐酒是用菠萝皮和红糖发酵而成的一种饮料，罗萨利诺说它是能够醉人的，但是这酒很温和。这儿还有另外一种酒叫龙舌兰，能让人酩酊大醉。

这个村庄的资源枯竭了，但是我们还是坚持着买水果。哪里，哪里能够买到橘子和香蕉? 我都看见橘子树上结的橘子了，我也看见香蕉树了。

"在那儿呢!"女人挥舞着手仿佛要切断空气一样。

"那边?"

---

① 原文为"tepache"，丹板齐酒，产于墨西哥。

"是的。"

我们沿着独立大街行走，广场上的人们已经不管我们了。

那儿有一个带院子的黑色小屋，屋前有几棵橘子树。

"有水果吗？"

"没有。"

"既没有橘子，也没有香蕉？"

"没有。"

我们继续向前走，她都放弃了。我们沿着黑色的石阶往小溪走，从另一边上来，穿越过芦苇丛。前面有个院子，在小屋那儿有成堆的玉米，还有拴着的小公牛，还有一个袒胸、黑眉的女孩。

"有水果吗？"

"没有。"

"这儿有！这儿有橘子！"

她转身看见后面橘子树上的橘子，然后木木地说：

"没有。"

面前两个选择，一个是杀了她，另外一个是能跑多远就跑多远。

我们听到了鼓声和叫喊声。那是条黑色的石子路，名叫贝尼托·胡亚雷斯①街：贝尼托·胡亚雷斯也是一位支持所有显著改革的年长绅士，并且投票赞成◎。

这个院子被树荫环绕。女人们正在捏着玉米粉团，湿润的粉糊，要做墨西哥玉米粉圆饼。一个男人懒洋洋地躺在那儿。一个小男孩在一边击打着半球形铜鼓。一个成年人正在吹着用芦苇做成的口哨，急促的、无休止

---

① 原文为"Benito Juarez"，贝尼托·胡亚雷斯是墨西哥前总统，是民族英雄，也是墨西哥城一个区的名字 Benito Juárez，D. F.。

的，假装是西班牙摇滚乐一样。他们吹奏一种曲调的前提是他们能够把它改得让人无法辨认。

"有水果吗?"

"没有。"

"这里发生了什么?"

他羞怯地看了我一眼，没有回答。

"你为什么要演奏音乐呢?"

"今天是个节日。"

天哪，节日! 那令人烦扰的玉米糊，对于胃来说简直是负担。剩下的难以耕作的暗灰色荒原就像土砖一样。那个敲鼓的小男孩用他那圆圆的印第安人的眼睛看看我们，又继续敲鼓，眼中充满着惊愕。吹奏的男人瞥了我们一眼，带着一点儿惊骇和厌恶，吹得更起劲了。那个闲着的男人走过来低声和罗萨利诺交谈，罗萨利诺也低声回答，就说了四个字。

这四个字在西班牙语中被称为是萨波特克语言。我们互相推着静静地离开了。

"罗萨利诺，他们在这儿说什么语言?"

"西班牙语。"

"你能听懂? 和你们的语言一样，是萨波特克语吗?"

"是的，先生。"

"那为什么你不对他们说西班牙语呢?"

"因为他们不说我们村的语言。"

他的意思大概是，他们也有方言的地区差异。不管怎么说，他维护了一点儿西班牙语，并会说"有水果吗"。

这就像个小旅馆一样，仿佛是圣诞前夕的圣母玛利亚正徘徊在别人家门口，希望有人能容下她的孩子：有房间吗？没有！

对于我们是同样的境遇。有水果吗？没有！我们径直走出了这座神圣的小山村。最后我们抓住了一个脾气好点儿的女人，"能不能告诉我们，到哪儿能买到橘子？我们看见橘子树上结了橘子。我们想买点儿吃。"

"向前走，"她说，"去瓦伦蒂诺·鲁伊斯那儿。他那儿有橘子。是的，他那儿有，而且他也卖橘子。"然后她用手指着。

我们走过了一个又一个黑色小屋，直到最后我们到达了瓦伦蒂诺·鲁伊斯的家。瞧！他的院子有宴会。看到我们来了，闲荡的人从没门的门口偷偷瞥着我们。

"这还是那个地方！"罗萨利诺尖叫着，不好意思地苦笑了。

但是我们的原则是不白白参加比赛。于是我们在院子里继续前进。

"这是瓦伦蒂诺·鲁伊斯的家吗？有橘子吗？这儿有橘子吗？"

我们走的时间太长了，问的也太多了，那湿润粉糊都做成玉米圆饼正在烘烤了，院子里一群人围成一个圆形坐在地上。这就是宴会。

随着我的问题的提出，跳起来一个年轻小伙子和一个女人，好像坐在蝎子上了似的。

"哦，先生。"女人说，"我们这儿橘子很少，而且都不太成熟，如果先生你想要，请这边走。"

我们穿过了花园，穿过粉色的玫瑰，到达了一棵小橘子树下，树上只有青黄色的橘子。

"你看，它们还没成熟呢，不是你们想要就有的。"这个年轻人说。

"它们会熟的。"热带的橘子几乎都是青的，我们后来找到的这些基本上都不太甜。

这种情况下，我摘了其中最大的三个，皮儿很厚，还是青橘子。后来我又发现了甜柠檬，坚持要了五六个。

每个橘子他找了我 3 美分：市场价是 5 美分两个，每个利马斯 1 美分。

"在我们村里，"罗萨利诺在我们走后嘀咕着，"1 美分买 5 个橘子。"

没关系！已经 1：00 了，我们走出了村庄，那儿的水很干净，到了吃午饭的时候了。

广场上的人们刚刚散开，一伙人就从山上下来了。他们盯着我们，就好像我们是在大街上一起走的郊狼、美洲黑鹫和母熊一样。

"再见!"

"再见!"一个低低的声音回答道，像加农炮弹的隆隆声。

在路的旁边，水顺着石头的沟渠冲刷而下。我们爬上了山，走到了溪水旁边的甘菊大街上。水一度从水渠中涌到马路上，我们只能涉水而行。这是这个村子的水源。

在马路与溪水的接口处，另一群白人静静地走来，又一次说：再见！又一次低低地、齐声说着再见！

我们一直向上走，疲倦地向上走着，我们必须走到这个村庄的上游，找到没有伤寒扩散的水源来喝。

最后，最后一间房子，光秃秃的山。我们一直沿着溪水穿越了干枯的玉米地，走上了河堤，脚下是一个很深的水沟，穿过这个水沟就是一片果园，女人们挎着篮子，篮子里盛满了水果。

"有水果吗?"罗萨利诺喊道，只用了一半的音量，他变得越来越勇敢了。

"有，"一个老女人说，好奇地用一半音量回答，"但是不是很熟。"

"我们能不能进到果园里到树荫下?"——"不能,有人正在下面的芦苇丛中洗澡呢。"沟渠里的水一直沿着河沟流到这儿。我们继续向上走,直到我们在水渠的上方找到了一棵野生的番石榴树。到最后我们终于可以在河岸的干草地上,在野生番石榴树下坐下来吃喝了。

我们把柠檬水瓶放进溪水里使它变得凉一点儿。我剥开一个大橘子的一半,用它厚厚的皮当杯子。

"看,罗萨利诺! 杯子!"

"干杯!"他高兴地柔声喊道,还笑了一声。

之后就喝掉了这杯柔柔的、没生命又有点儿温的墨西哥水,但起码它是干净的。

在水渠的边缘上方是条小溪,有声音传来——啜——啜!我走过去看,是个女人露着屁股站在一块石头上洗衣服。她的背影很丰满,肤色是深橘色的,湿湿的头发分开盘在头顶。在溪水的上游有两个男人赤裸着坐着,他们棕黄色的皮肤在阴影下发亮,他们也在洗衣服。他们湿湿的头发好像散发着暗蓝色的光。他们的上方是一座桥,这座桥把溪水截开了,小溪的水一部分流入了水渠,另一部分在岸上流过。

我们静静地坐在野生番石榴树下吃着。卖水果的老女人穿着低胸衣服露出咖啡色的胳膊,她的裙子系在一个肩膀上,腰上围着一条毛织布(瑟拉佩)① 做的带条纹的裙子,一条长围巾②堆在头顶上抵抗着烈日,她黑黑的脚踩进水渠中,怀中抱着三四个番荔枝,这是一种绿色的南美番荔枝。

她用一口低沉的西班牙语对我们说:

---

① 原文为 "sarape",瑟拉佩,一种华丽的毛织布。
② 原文为 "rebozo",墨西哥或西班牙妇女所用的一种长围巾。

"这里的水是用来喝的，下面的是用来洗衣服的。你喝了这里的水，就不能在这里洗东西，你在那里洗了东西，就不能再喝了。"她好奇地盯着溪水里我们冰镇的那瓶柠檬汁。

"好的，我们知道了。"

之后她递给我们番荔枝，我让她找给我比索①：我没有零钱。

"不，先生，"她说，"不，先生，你并没有从我这儿买，我给你这些是想让你尝尝。但是其实番荔枝还不是很成熟，再过两三天就会熟的。你们现在还不能吃呢。但是我把它们作为礼物送给你们，希望你们可以尝尝。再见，与上帝同在。"

她沿着水渠匆忙地走了。

罗萨利诺迟疑了一下，然后盯着我看。在那老女人走后，他不出声地笑，并张开嘴让我看他的粉色舌头，鼓起喉咙像个眼镜蛇一样。

"但是，"他压低了声音说，"番荔枝不算是好东西。"

他再一次鼓起喉咙，不出声地付之一笑。

他是对的。三天之后，当我们开始吃番荔枝的时候，它里面已经有虫子了，甚至很难找到没有虫子的地方。

"华亚帕的老女人啊。"罗萨利诺怀旧地说。

然而，她得到了那瓶子。我们把柠檬汁喝完之后，让罗萨利诺把空瓶子给了她，她和他简单说了两句，其实对于她来说，这瓶子是个财富。

我绕到野生番石榴树后的小山丘上扔垃圾，走来了一个古铜色皮肤的年轻人，他穿着一件衬衣。我匆忙后退，我再一次想到这些人拥有多么美丽、柔和的肤色，对于肉体来说是种多么丰腴的财富。也许，它就是这

---

① 原文为"peso"，比索，拉丁美洲一些国家和菲律宾的货币单位。

样，带有我们"精神"中完全缺乏的东西。

我们在这儿躺了一会儿，仰望着小番石榴树和完美纯净的蓝天，鹰和断翼的兀鹫在空中盘旋直至消失。回家的路又长又热，但是明天又是新的一天①，甚至在墨西哥一个星期日的下午，接下来的五分钟也足够长。

---

① 原文为"mañana er otro dia"，西班牙语，译为"明天又是新的一天"。

服 务 生

罗萨利诺确实很适合这所房子，尽管他只在这儿服务了两个月。我们去看房子的时候，见到他在院子里偷偷摸摸的，眉毛下那双眼睛鬼鬼祟祟地四处瞄着。他不是那种直挺挺的、矮小好斗的印第安人，那类人总是用黑黑的、深不可测又有点儿挑衅的眼神盯着你。这也许是因为罗萨利诺不是萨波特克血统，他与其他印度血统相距甚远。再或者也许只是因为他就是有点儿与众不同。这种不同源自于某种敏感与孤独，好像他是个有妈妈的孩子。他低头的样子，黑黑的睫毛下那双眼睛向侧面看的样子，忧虑不安，充满疑惧地感受着他的路，就是这样。并不像大多数印第安人那样，眼神冒失放肆，雄赳赳的，就好像他们从来就是没妈的人一样。

据我们现在所了解的一切，阿兹特克人①的神也好，女神也好，都是不可爱而且讨人嫌的。在他们的神话中没有宽厚仁慈，没有魅力，也没有诗歌。只有那些没完没了的怀恨、嫉妒、怨恨，一个神怨恨另一个神，神怨恨凡人，人类怨恨动物。爱之女神是肮脏的淫乱之神，一个专事肮脏的骇人的神，丝毫没有一点儿温柔可言。要是其他神想和她做爱，她便会在

---

① 原文为"Aztec"，阿兹特克人，北美洲南部墨西哥人数最多的一支印第安人，其中心在墨西哥的特诺奇，故又称墨西哥人或特诺奇人。

他面前伸展着四肢，张扬放肆又唾手可得。

之后，她终究是怀孕生子了，她会生出个什么来？她小心翼翼地生出来的婴儿神会是个什么东西？猜猜吧，你们这些扬扬得意的人们！

你们永远也猜不到。

是一把石刀。

这石刀是把墨绿色的火石，刀刃锋锐，可谓万刀之刀，名副其实的圣灵之刀。牧师献祭的时候就是用这把刀在牺牲者的胸前刺出深深的伤口，将心脏撕扯而出，然后把冒着热气的心送向太阳。而太阳之神，那躲在太阳之后的神估计会贪婪地吸吮那热气腾腾的心，即使这样，也满足不了他的欲望。

这是一个美好的平安夜。瞧啊，女神已经躺到床上，她将生出自己的孩子。瞧你们这些人们，正在等着救世主的诞生，而神之妻子将要成为母亲。

回行路！回行路！喇叭声声吹响着。孩子降生了。赐予了我们一个儿子。把他带来吧，放他在柔软的枕头上，然后把他向世人展示。看！看！看枕头上的他呀，稚嫩的新生儿啊，他静静地睡着。啊，多好看啊！哦，多好的一把石刀啊，黝黑顺滑又锋利无比！

从那日起，大多数墨西哥印第安母亲似乎都会生出石刀。看看他们啊，这些来自不可思议母亲的儿子们，黑黑的眼睛如同打火石一般，他们幼小坚硬的身躯如同黑曜石一般整洁而锋利。小心别让他们把你撕碎！

而我们的罗萨利诺却是个例外。他的肩膀向下微微耷拉。他比这里的印第安人的平均身高要略高一些。他肯定有五英尺四英寸高。而且他没有那种大大的、黑曜石般瞪人的眼睛。他的眼睛更小一些，更黑一点儿，就像蜥蜴的那样黑色敏锐。他不会用黑曜石般的眼神瞪着你，他只是略微对自己看到的事物有些好奇而已。因此他略带恐惧地低下头，遮掩着自己，就好像他很容易受伤一样。

这些人通常没有通信交往对象。对于他们来说，一个白人男人或者一个白人女人只是一种现象，就像猴子是一种现象一样。这种现象用来观看，用来好奇，用来嘲笑，却从不会被拉进自己的世界里。

现在这些白人是一种超凡的白猴子，通过狡猾巧妙的手段学得了许多宇宙间半魔幻的秘密，并且让自己成为主宰。想象一种巨大的白猴子种族穿着不可思议的衣服长大，朝着一个人"嘘嘘"几声便能够杀死他；能在空中跳跃着行走，一跳就是一英里；能稍微一努力就和一千英里以外的某位伟大的白猴子传递想法。从我们的观点来看，你便能够想象出我们在印第安人脑海中是什么形象了。

白猴子们有着好奇的习惯，比如他们懂得时间。对于墨西哥人和印第安人来说，时间是一个模糊朦胧的现实存在。他们看来只有三个时间段：早上，下午，晚上。甚至没有中午，也没有傍晚。

然而对白猴子们来说，时间被划分出确切的点，比如五点整，九点半。一天便是由准确的点构成的恐怖的谜团。

距离也是一样：讨厌的无形距离被称为两英里，十英里。而印第安人只知道近和远，特别近和特别远，两天或者一天。但是两英里和二十英里对于他们来说都一样，因为他们仅仅是依靠感觉来走的。如果他们觉得两英里有点儿远，那么这就叫作"远"！但是如果他觉得二十英里很近而且很熟悉，那么就叫作"不远"。哦不，这只不过是段小小的距离而已。然后他们便会让你傍晚启程，这样到了夜晚便能在荒野里赶上你，不会有任何担心，因为距离不远。

但是，白人对无形事物的精确性有一种可怕的猴子般的热情，真的是很可怕。"明天"对于一个当地人来说，可能意味着明天、三天后、六个月后，或者从不。在他们的生命中没有固定的某个时间点，除了出生、死亡和节日。从远古时代祭司就确定了节日，神灵的节日，而凡人便和时间没有什么关系。而人为什么要和时间有关系呢？

在金钱方面也是一样的。这些"分"和"比索"都有什么意思呢？只不过是一些毫无魅力的小圆盘而已。当地人坚持把无形的硬币考虑在内，这些硬币不像里亚尔或者比塞塔一样真实存在着。如果你花一里亚尔买两个鸡蛋，你需要付十二分半。由于半分钱也不是真实存在的，所以你或者小贩便会忽视这种不存在。

在诚实方面也是这样的。白人有种可怕的记忆，能记住哪怕是一分钱，甚至是极少量的龙舌兰。太可怕了！在我看来，印第安人并不是天生的不诚实。他们不是天生就贪得无厌，甚至没有什么与生俱来的贪婪。在这方面来说，他们不像古老的地中海人，那些人认为所有权有神秘的意义，比如一个银币就有一个神秘的白色光环，闪着魔力的光芒。

一个真正的墨西哥人可不是这样，他才不在乎呢。他甚至不喜欢存在，他根深蒂固的思想就是赶紧把钱花掉，这样他就不用拿着它了。墨西哥人也确实不想保存任何东西，甚至是他的妻儿。他最好不用对任何事负责任。摆脱，摆脱，摆脱过去与未来，只留下光秃秃的自由的现在。摆脱记忆，拒绝考虑未来，也不会在意什么。只留下此刻，荒凉、尖锐，没有思想，就像那黑曜石的刀子一样。过去与未来都属于思想意识，而瞬间的时刻永远都喜欢刀刃锋利的黑曜石，就像是献祭用的刀子一样。

然而伟大的白猴子们已经掌握了世界的奥秘，而黑眼睛的墨西哥人为了生活不得不伺候这些伟大的白猴。他们不得不学习白猴子们的把戏：一天的时间划分，钱币的分类，瞬间启动的机器，毫无意义却能得到实实在在准确钱币的工作。一整套的白猴子们的把戏和白猴子们的真理，奇怪的有关慈善的猴子真理，这些白猴子们小心探索着"帮助""拯救"。有些把戏能不能变得更加不自然？然而这就是伟大的白猴子们的把戏之一。

如果一个印第安人很贫穷，他会对另一个人说：我没有吃的，给我点吃的吧。然后另一个人就会给这个饥饿的人几块玉米圆饼。那是很自然的事情。但是如果一个白猴子顺道走过来，他就会看看这房子，再看看里面的妇女，再看看孩子，然后说：你的孩子病了，先生，你没有采取什么措施吗？——没有。我该做什么？——你必须做点膏药，我告诉你怎么做。

嗯，这可真好笑，做一些热面团往婴儿身上拍，就像是给房子贴泥巴似的。可是为什么要弄两次呢？两次就不那么好玩了，孩子会死去的。那么好吧，孩子就会进入天堂了。那多好啊！那就是上帝想要的结果，这孩子就会成为天堂的玫瑰丛中一个欢乐的小天使。还有什么比这儿更好的事吗？

白猴子这救赎的过程是多么令人烦闷啊，先往孩子身上抹油，然后把药膏敷上去，再嘱咐你在早上、中午、晚上分别给孩子喂上一勺药。为什么是在早上、中午和晚上？为什么不能任何时候、任何地点呢？因为你要是不这样做，孩子明天就会死去啊！但是明天是另外一天，现在孩子又没有死，所以如果孩子在别的时候死了，那么肯定是因为其他时候病情无法控制。

哦，这些烦人的、严格苛刻的白猴子们，总是昨天、今天、明天的。明天永远是另外一天，昨天总是无法回去的循环的一部分。为什么总是考虑此刻以外的事情，而不是考虑此时此刻的事情？那么为什么要假装去思考？这就是白猴子们的把戏之一。他是个聪明的猴子，然而他又是那么丑陋，白色的血肉那么肮脏下流。我们不丑陋，因为我们有紧张扭曲的脸庞，还有温暖棕色的美好肉体。如果我们不得不为那些白猴子工作，我们也不在乎。他的把戏只是有些好笑，而他们总有一天也会像其他人一样把自己弄得很可笑的：只要有人笑了就行。

只要我们之间没有魔鬼，这些白猴子们就会永远用那些工作机械地统领着我们。看着他们索取我们的劳动、小麦、猴子，然后再夺走我们的土地，就在我们的土壤上夺走原油和金属。

他们就是这么干的！他们总是这么干！因为他们忍不住这么做。因为蚱蜢只会蹦跳，蚂蚁只会搬运小棍子，而白猴子们就会滴答，滴答，干这个，干那个，该工作了，该骑马了，该洗漱了，该看上去脏了，滴答，滴答，时间，时间，时间，时间，时间！哦，切掉他的鼻子让他吞下去！

时间就像黑曜石刀一样无法改变，印第安人的内心就是这分割过去与未来的时刻，将两者都牺牲。

对于罗萨利诺来说，白猴子们的"滴答"同样也很可笑。他准备好了为白猴子们干活，学会了他们的把戏、他们说西班牙语的口音、他们"滴答"的生活方式。他一个月能赚 4 个比索，而他的食物只是几张玉米圆饼。4 个比索相当于 2 美元，大概是 9 个先令。他有两件棉衬衫，两条白棉布马裤，两件宽松工作服，一件是粉色棉布的，另一件是深色的棉织法兰绒，还有一双凉鞋。他卷上去的草帽，看起来非常斯文，还有一条老旧的工厂做的便宜围巾，或者一块带穗的格子花呢毯子和其他一些毫无价值的东西。

他的任务是早上起床后清扫房前的街道，然后洒上水，然后清扫宽阔的砖瓦走廊，并洒水。之后用一种松软芦苇做的掸子扫椅子上的尘土。都完成之后他要跟随厨子，提着篮子到市场去。厨子是非常高傲的人，祖父是西班牙人，罗萨利诺必须得称呼她"夫人"。从市场回来之后，他要清扫整个庭院，把落叶和垃圾收拢之后倒进肩筐里，猛劲一提扛到肩膀上，一只手绕过额头扶住筐，这样扛着一个大得可怕的筐走向通往城外的一条小路，然后扔到路边的垃圾箱里。这镇上每一条小路两侧都是成堆的垃圾，满路的垃圾在阳光下冒着泡。

回来之后，罗萨利诺给整个花园浇水，然后给整个庭院洒水。这些活儿能干整个早上。午后，他没什么事便闲坐着。如果某天刮风了，或者天气很热，他会在下午三点整的时候重新再干一遍，扫落叶，用一个旧水壶到处洒水。

接着他回到门廊，门廊铺着鹅卵石，巨大的大门足可以让一辆牛车通过。门廊就是他的家——就是门口那个地方。在一个角落里有一个低矮的木长凳，大概有四英尺长，十八英尺宽。他就在这张长凳上蜷缩着睡觉，穿着衣服，裹着一块老旧的毛织布。

这些都是可想而知的。他坐在阴暗的门廊里读啊，读啊，读着课本，学习读和写。他认识一些字，也能写一些字。他把一大张纸都写满了，非常好。但是我发现他写的是一首西班牙诗歌，一首爱情诗，写着 no puedo olvidar and voy a cortar，当然是"玫瑰"的意思。他不停地往前写，没有诗节、大写字母，或者标点符号，只是一大串的字，满满一大张纸的字。我大声地读了几行之后，他变得很苦恼，带着一种复杂的痛苦笑了笑。对于他写的东西他只懂得一点点，只是机械地尽力从脑海里背诵抄写而已。实际上，这些对于他来说只是一些字，音，噪音——这些噪音叫作西班牙语、卡斯提尔语，就像只鹦鹉一样。

七点到八点是他去夜校的时间，他会写满不只一大张纸。他已经上了两年了。如果他能够再接着上两年的话，他没准可以读得懂并写出来六个句子了：但是只是用西班牙语。他对西班牙语的陌生，就像英国小牧童对印度斯坦语那样陌生。如果他能说点儿西班牙语，并且能够在一定程度上读和写，那么他就会步行两天回到村子里去，最后，他很可能成为那里的镇长，或者是村子里的首领，对政府负责。如果他当上了镇长，他会有些许的工资收入。然而对于他来说，更重要的是光荣——作为首领的光荣。

他有个伙伴是他的同乡，两个人都在门廊里看门。任何想进入这幢房子或者是露台的人都必须先通过这道大门，这儿没有其他的入口，甚至连针眼都没有。朝着街边的窗户都有着重重的栅栏。每幢房子都是它自己的小堡垒。我们的房子有两个广场，这两个广场犹如房子的两翼。第一个广场种植树和花，第二个广场上跑着鸡、鸽子和天竺鼠，地上摆着超大个儿的陶制盘子和桶，这样所有仆人都能够自己洗澡，就像鸡窝里的鸡一样。

九点半的时候，罗萨利诺正躺在他那小小的长凳上，蜷缩着，用围巾包裹着，他的拖鞋在地上，他们称之为平底皮凉鞋。通常情况下他都是脱掉平底皮凉鞋后才睡觉。这就是他睡觉前的准备工作了。在另一个角落里，他的伙伴，一个差不多二十岁的小男孩用一个薄薄的旧毯子把自己从头到脚包裹得像个木乃伊，躺在冰冷的石头上睡着了。在海拔五千英尺的地方，夜晚是十分寒冷的。

通常所有人都是在九点半的时候进入安静的屋子里。如果没有，那就只能在门洞里受冻了。想叫醒罗萨利诺是相当困难的，你必须离他非常近地叫他，那样才能将他叫醒，但是别碰他，那样会吓到他。没有人能够在无意识下被碰触，除了被抢劫或者是谋杀。

"罗萨利诺！他们敲门呢！"——"罗萨利诺！他们正在敲门呢！"

最后站起来一个陌生的、怒目而视的、犹如丢了魂一样的罗萨利诺。他应该有足够的力气去拉动门闩。在睡梦中突然站起来的罗萨利诺特别奇怪、疯狂和恍惚，你会好奇他在哪儿，好奇他是什么。

他第一次为我做事时，是厢式货车给房子拉家具的时候。我们的朋友矮小的服务生——奥雷利奥、罗萨利诺和驾驶着马车的男人。但是应该有个搬运工——所谓的行李搬运工。我对罗萨利诺说："帮帮他们，你去帮下他们。"但是他退了回去，低声嘟囔着："我不想！——我不想那么做。"

我自己念叨着说，这家伙是个傻瓜。他认为那不是他的工作，也或许他害怕把家具摔坏。什么也别让他干了，就让他待着吧。

我们搬了进来，罗萨利诺似乎很愿意为我们做事。他喜欢从白猴子那儿学习耍猴的花样。自从他开始和我们吃一样的食物，在他的生命中第一次喝真正的汤、吃炖肉或者是熟鸡蛋开始，他就很乐意在厨房里为我们服务。他会瞪着闪光的黑眼睛对我们说："我已经喝了汤了，谢谢！"——之后他会发出一声奇怪的、兴奋的笑声。

步行去华亚帕的日子到了，这一天是星期天，他非常兴奋。但是到了晚上，我们到家的时候，他静静地躺在他那小长椅上——他太累了。印第安人的忧郁像黑色的沼泽雾一样，不仅笼罩着我们，也笼罩着他。他并没有提水进来——还是让我自己来吧。

星期一的早晨，他还是带着同样黑色、虚伪的忧郁，还有一丝敌意。他讨厌我们。这有点儿令我们大吃一惊，因为前一天他还又激动又高兴的。这感情改变得太突然。他不容许他开心、自由地和我们在一起。他已经吃了煮大劲儿的鸡蛋、沙丁鱼三明治和奶酪，他也喝了大杯的橘皮汁，这都曾让他开心。在我们回家的路上他还和我们一起喝了充气饮料，在圣费利佩。

但是现在却是这样的反应。他就像把石刀一样。他曾经开心过，因此，我们计划着从另一个角度利用下他。我们用一些白猴子装饰了我们的袖子，我们想看看他是怎么想的，毫无疑问，做一些白猴子似的破坏。我们想看看他心里是怎么想的，不是吗？但是他的心就像黑曜石做成的刀子一样。

他讨厌我们，并发出一种仇恨的黑色气体，这种气体充满整个露台，使人不舒服。他根本没去厨房，也没提水。让他自己待会儿吧。

星期一的午饭时间他说想离开。为什么呢？他说他想回到自己的村子里去。很好。那么他需要再在这里待上些日子，直到我们找到新的服务生。

他的眼中透出纯粹的、完全的仇恨。

整个下午他都静静地坐在长椅上，带着印第安式的恍惚忧郁和彻底怨恨。到了晚上，他有点儿高兴了，并说他会继续留下来，至少一直到复活节。

星期四的早晨，他更加恍惚、忧郁和怨恨。他立刻就要回到村子去。好吧！没人想阻拦他。我们马上就找新服务生来。

他带着愣愣的恍惚、忧郁和怨恨离开了，这种强大的怨恨居然能够让人的胃感到恶心。

星期二的下午，他原以为他会留在这儿。

星期三的早晨，他想离开。

非常好。赶紧打听，星期五的早晨新的服务生就到了，这已经定了。

星期四是祭典的日子。因此在星期三的时候我们就去了市场，女主人、我和罗萨利诺挎着篮子。他喜欢和女主人一起去市场。我们会给他钱然后打发他去砍价，比如橘子、火龙果、土豆、鸡蛋、一只小鸡等。这些他都很愿意去做。他一看到我们买东西不砍价而付出糟糕的价钱时就生气。

他在那边砍价，基本上都是静静地，在暗中嘀咕着。他总会花很长一段时间，但是他总是比厨师纳蒂维达德要成功许多。他总是胜利归来，带着很多东西却花了很少的钱。

那个下午他还是继续在那儿待着，符咒渐渐消退。

山里的印第安人对自己村庄都有着一种深深的、强烈的忠诚感。罗萨利诺已经不在这个小城市两年了。突然发现自己身在华亚帕—— 一个纯粹的印第安人山村，一种忧郁的印第安人思乡之情冲击着他的灵魂。但是他太高兴了——可能是太兴奋了——直到我们到家。

女主人再次拿出相机给他照相。他们对于照片这件事都非常疯狂。我给了他一个信封和一张邮票，让他给母亲寄去。在他的家里有一位守寡的老母亲，一个弟弟和一个已婚的妹妹。他家拥有一小块土地，种着橘子树。最好的橘子应该是在凉爽的山里成熟。他的母亲本已经彻底忘记了他的儿子，但这张照片就像闯入者一样，突然闯入她的心扉，她需要儿子——就在看到照片的那一刻。因此，她发了一条紧急的消息。

但已经是星期三的下午了，来了一个穿着白色衣服的小伙子，使劲地笑着，那是他山里的弟弟。现在我们认为罗萨利诺应该有个伴儿一起回家。在星期五的时候，祭典日过后，他就要走了。

星期四的时候，他挎着篮子和我们一起去祭典。他砍价买到了花，却没有买到毛织布，买到了雕刻的小杯和许多玩具。他、妮娜和女主人吃了好多片甜甜的烤薄饼。篮子变得越来越沉。弟弟出现了，帮忙抓着那只鸡和其他东西。真好！

他又彻底高兴了起来。他并不想星期五走，他根本就不想走。在回家的时候他曾希望跟我们在一起，并和我们一起去英国。

一个墨西哥朋友给我们找到了另一个服务生，再一次推迟那个男孩，但是也没事儿，因为他们都这么做。

这个墨西哥人认识罗萨利诺,他第一次下山并不会说西班牙语,他告诉我们罗萨利诺的另外一些事情。

在上一次革命的时候——一年前——胜利的革命分子想从山里招更多的士兵。山村的镇长被告知要选一些年轻人,并将他们送到城里的兵营中,而罗萨利诺就在这其中。

但是罗萨利诺拒绝了,他说他不想去!他是当中唯一的一个,像我一样,对于服务一大群人,或者是混在众多人中间,带着一种强烈的反感。他固执地拒绝了。于是,征募新兵的士兵们用来福枪柄打得他倒在地上失去意识,看起来死了一样。

之后,因为他们急需人,他对于他们来讲没什么用处了,他们便丢下满是伤痕的他,去参加革命了。

这就能解释他对于搬运家具的恐惧和被"抓"时的害怕。

然而那个小奥雷利奥,朋友的服务生,还不足四英尺六英寸高,小伙计也很害怕。他也是从山里出来的。在他的村庄里,他的堂兄给了他一些关于革命失败一方的信息,之后那个堂兄精明地消失了。

但是在城里,胜利的一方抓住了小奥雷利奥,因为他是行为不端的人的堂兄弟。尽管事实上他只是外国居民忠诚的服务生,但是他被投进了监狱。监狱中的犯人是没有饭吃的。朋友或者是亲戚可以去给他送饭,否则他就会变得很瘦很瘦。小奥雷利奥的已婚妹妹在镇上生活,但是她不敢去监狱,唯恐她和丈夫被抓起来。于是主人打发新的服务生每两天挎着篮子去一次监狱。对于这个不大的小镇,监狱显得那么那么大。

同时主人每天与"当局"——人民的朋友斗争着,——为了小奥雷利奥的释放,但是没有成功。

一天这个新服务生挎着篮子到了监狱,发现奥雷利奥没有了。一个友善的士兵告诉他奥雷利奥被放出来了。"再见了，我的主人，带我！"哦，致命的话："带我"——他们要带我走。主人和矮小、勇敢的服务生匆忙跑去车站，火车已经走了。

几个月后，小奥雷利奥再一次出现了。他衣衫褴褛，面容憔悴，那嗓子一直肿胀到了耳朵。他被带走了，去了两百英里以外的韦拉克鲁斯州。他被人用绳子打了结拴住脖子吊了起来，持续了好几个小时。为什么？就是为了逼他的堂兄出现，让他的堂兄来营救他，把他的脖子放入绞刑套中，为了让这个完全单纯的人忏悔。这叫什么？谁都知道他是无罪的！无论如何，下次教训他时对他好点。哦，兄弟教诲！

小奥雷利奥逃了出来，被带到了山里。他是一个强健的矮家伙，他回到了自己的村子里乞讨玉米粉圆饼。当他到达的时候，他很憔悴，脖子肿胀得很严重，发现他的主人正在等着他，当时正值另一个党派执政。人民中更多的人成了朋友。

明天又是新的一天。主人把小奥雷利奥照顾得很好，小奥雷利奥很强壮，但是身材很矮小，现在他能够忽闪着黑色的大眼睛相信一个外国人，但是不能相信任何当地人。矮人的身材，但是身材很完美，并且很结实，他很聪明，要比罗萨利诺反应快而且聪明。

难怪每隔几天，当小奥雷利奥和罗萨利诺看见肩上搭着枪的士兵，押送着囚犯进入监狱时——就会站在那儿盯着，眼中充满了黑色恐惧，然后看着雇主，看是不是有避难所。

不要被抓！不要被抓！自从很久以前蒙特苏马人把犯人游行着去献祭开始，这恐怕是印第安墨西哥人最普遍的想法了。

第四章

集市日

这是圣诞节前的最后一个周六。有人认为，明年将是重大的一年，而今年即将过去。黎明伴着阵阵微风，吹动着叶子不断摇晃，初升的太阳从一片黄色云彩的间隙中透出光芒。然而这束光芒立刻触碰到了长出天井墙的黄色花朵，同时也触碰到了随风摇摆着的发光的洋红色叶子，这种激烈的红色瞬间便爆发成为圣诞红。圣诞红很是灿烂，花朵很大，呈现出显眼的无瑕的红色。人们把它们称作"晚安"，是平安夜之花的意思。小树林迅速褪去深红的颜色，如同红色的鸟儿在黎明的风中竖起羽毛，好像要去洗浴般，它们的羽毛都处于警戒状态。这对于圣诞节来说无疑取代了冬青浆果。圣诞节似乎需要一个红色的使者。

丝兰很高，高于房子。在花上每隔一段距离挂上柔软的浅米色铃铛，就好像长长的葡萄串的泡沫一样。这些柔软的铃铛在风中打破了花枝，从长长的柔滑的花束中轻轻脱落，很难再摇曳。

咖啡浆果正在慢慢变红。玫瑰色的芙蓉花在细细的枝头上摇曳，变成了柔和的红色花结。

在第二个天井里有一棵高高的大树，树上稀疏地结着金合欢。在树的顶端结着白色的花瓣，就好像赤裸在蓝天之下。这些白色的花瓣伴着微风在蓝天下摇曳着，和着弯曲的枝头在风中一起摇曳。

在一个不安的早晨，云朵压得很低，在空中呈圆周形飘动着。一切事物都在运动。我们最好也出去做做运动，像鹰在空中缓慢盘旋一样。

所有事物似乎都在缓慢地盘旋、徘徊着最终走向一个中心点，譬如云朵，环绕于山谷的山脉，上浮的尘埃，庞大美丽拥有白色条纹羽毛的鹰，雀鹰以及从帕洛布兰科树上掉落的雪白的花瓣，甚至是风琴管仙人掌生长成为笔直的枝茎，烛台仙人掌似乎慢慢地旋转，以中心点做环绕，最后接近它。

奇怪的是我们本应该以直线思维思考问题，却没有人这么做；我们本应该有话直说，而人们却喜欢绕来绕去最终才说出重点。当空间变得弯曲，宇宙成为一个球中球的结构，一点到另一点之间的距离不可避免地弯曲成为圆形，鹰的翅膀顶端变得向上，倚在空中好像一个椭圆形看不见另一半。如果我要行走，将会是不由得向中心掉落碰撞。直线被分成了一节一节的，与世界原本的模样背道而驰。

然而，灰尘像幽灵一样沿着马路，沿着山谷平原前行。谷床干燥的地表像柔软的皮肤一样微微发光；在阳光照射下略带桃红色的赭石遍布在山脉之间，似乎散发着自己的黑暗；呈深蓝色半透明状的水蒸气在此起彼伏的山峰之间游走。这就是墨西哥连绵起伏、寂静无声的山脉。

在华亚帕的山坡底端遍布着白色斑点，在湖水和树林中间。今天是星期六，男人们就好似一个个白色的小点遍布在小径上、山峰上、平原上；驴看上去好似一个个闪烁的黑点；女人们则跟在如黑色小点般闪烁着光亮的驴后面，头来回摇晃，就好像骑在篮筐之间一样。星期六早晨，集市日，那些如耕地田间的海鸥似的白色小点逐渐减少，犹如帕洛布兰科的点点光亮，点缀着山谷中浅黄褐色的波澜起伏。

　　他们身穿雪白的棉料衣服，在印第安式小跑中抬高他们的膝盖，在他们的身后女人高高地坐在巨大的篮筐之间，她的孩子被紧紧裹在胸前的棕色长围巾①里。女孩们身穿混合棉质长裙追赶着小驴，越跑越慢。他们家族式地袭来，一群一群的，也有自己来的，光着脚无声地、慢慢地穿过城镇，他们的脚步震动了教堂穹顶的泡泡，就在呆板的绿树上方，在浅黄褐色山坡的对面。

　　然而在山谷中央是宽敞的道路，几乎每条道路都是笔直的。你可以看到飘向高空的灰尘，它们极速地涌向城镇，从每个人的身边飘过。它们悄悄地从这些"黑色的小生物"和"白色小斑点"的身边飘过，从尘世到达城镇。

　　来自山谷村庄和山区的农民们和印第安人带着物资赶来，道路就好像朝圣之行一样，而灰尘则以最快的速度涌向城镇。黑耳朵的驴和奔跑着的男人、女人、女孩、小伙子，还有闪亮的小毛驴用它那健硕的小蹄子缓步前行，背上驮着两个盛满西红柿和葫芦的篮筐，两大罗网像泡泡一样的罐子，两大捆砍得整整齐齐的木头，整齐得好像雪茄一样，还有两大麻袋木炭。当驴子、骡子走着的时候，骑在它们背上的女人身下那一个个驮篮发出有规律的响声，那驮在背上的一捆捆柴火挡住了两边路过的瘦弱的小动物们。一只刚出生不久的小毛驴，身上没有任何重物地跟在满载货物的驴子身后，一位穿着白色凉鞋的男人匆忙地跟随着沉默的印第安人，而一个小女孩再次光着脚丫跑了起来。

　　前面传来了一阵奇怪的慌忙的气息。在徒步旅行中慢慢观察，牛车在满载重物之下艰难地转动着车轮。牛缓慢地前行，头被重物压得很低，鼻

---

　　①　原文为"rebozo"，西班牙语，译为"长围巾"。

子都要挨到地面了，不停地摇动着头上的犄角，就好像蛇扭曲着身子一样，实木做的铲状的颈圈紧紧地套在它的脖子上面，像是被熨在了脖子上一样。走过被烧平的草地和顽强翠绿的风琴管仙人掌，走过岩石和飘动的萼叶茜木花朵旁，走过豆科灌木丛。尘土再一次比人们还要匆忙地飘向空中又迅速地落到地上，把渺小的人们淹没，就好似处在一场大灾难中。

他们大都是萨巴特克族的小人物：他们高挺着胸脯，快速地高举起他们的双膝，在灰尘之中精神饱满地前行着。而安静娇小、裹着头的女人们则光着脚奔跑着，把披在她们肩上的蓝色长围巾紧了紧，在围巾里经常裹着她们的孩子。男人们身上的白色棉质衣服太白了，以至于他们藏在大帽子下黢黑的脸庞不易被察觉。身体被黑夜笼罩，而在这黑夜之中，他们满脸都是无尽的能量，快速地、安静地向城镇走去。

从山上下来的印第安人的白色肩膀上搭着一串串墨西哥辣椒，他们头戴圆形的乌毡帽，好似被黑夜扣上了一顶帽子。有些人从很远的地方过来，从昨天就踏上了行程，戴着他们黑色的小帽子，穿着黑色的凉鞋。明天他们又要赶回去，而他们的眼睛在黑色的脸庞上都是一样的，黑黑的，明亮的，狂热的。他们没有目的地，就好似空中的老鹰，他们也没有必要跑动，就好似云朵一般。

这个集市是一个巨大的有顶的地方。最特别的是，当你经过邻近的街路时能听到从那里发出来的噪音。那是一种巨大的噪音，然而你却从不会去理会。这听起来就像是世界上所有的鬼魂都跑出来聊天似的，除了这种鬼魂般的噪音外，还有市场结构的黑暗面。这种噪音就好像是雨或者风中的香蕉一样。这个市场里挤满了印第安人，他们都是黑黑的脸庞，走路悄无声息，说话很快，然而这里涌入很多人，在西班牙人的说话声中和米斯特克人安静的声音中夹杂着萨巴特克人发出的让人不舒服的低语声①。

在集市中有人卖，有人买，如此，这里是两者的结合。在古老的社会，人们为聚到一起来一个中心和随意混入一个混合的、不被怀疑的盛宴找了两个了不起的借口：集市和宗教。自从时间开始，这两者的任意一者将人们毫无防备地聚集到了一起。一小堆柴火，一个编织毯，一些鸡蛋和一些番茄足以成为男女老少翻山越岭赶来的原因。他们来买东西、卖东西、讨价还价和交易。在所有的事项中，交易使人们有了接触。

这就是为什么他们喜欢你讲价，即使只给你便宜几分钱。在拥挤的集市周围有一个池塘，里面长着一簇一簇的红色、白色和粉色的玫瑰，五颜六色的康乃馨、罂粟花，少量的千鸟草、柠檬和橙色金盏花、刚刚发芽的白百合花，还有一些勿忘草。

"这些浅紫色的樱桃派多少钱？"

"15 分。"

"10 分钱吧。"

"15 分。"

你放回樱桃派然后离开。然而女人显得十分满足，尽管是十分短暂的接触也让她活跃了起来。

"粉色的。"

"红色的吗，小姐？30 分。"

"不，我不想要红色的，我想要混合色的。"

"哦!"女人抓起一把各种颜色的小康乃馨，然后小心地把它们放在一起。"看，小姐，还要一些吗?"

---

① 原文为"idioma"，西班牙语，译为"语言"。

"不，就这些吧，多少钱？"

"价钱一样，30 分。"

"太贵了！"

"不贵的，小姐。你看看这一束小的，8 分钱。"女人拿出一小束杂乱的来，"那么就 25 分吧。"

"不！22。"

"这样吧！"她又拿出三四枝花来，迅速地把它们放进那一束花中。"两里亚尔，小姐。"

这是一场讨价还价。你拿着五彩缤纷的粉红色康乃馨离开，而这个女人则有更多的时间和一个陌生人——一个完美的陌生人接触。这是不同声音的混合，不同意愿的交织。这就是生活，而金钱是生活的理由。

货摊呈直线排列，右边是新鲜的蔬菜，左边是面包片和甜面包。在远处的一端有奶酪、黄油、鸡蛋、鸡肉、火鸡，还有肉类。在另一端有本地手工编织的毯子、长围巾、裙子、衬衫和手帕。在下端是凉鞋和皮革之类的东西。

卖毛毯①的男人偷偷地瞄着你，向你吹着口哨，就好似凶恶的鸟嘴里喊道："先生，先生！看看这个！"紧接着用力地扔出一条令人眼花缭乱的毛毯，而此时传来了更为刺耳的口哨声，吸引你去看他的毯子。这是名副其实地进入了狮子和老虎的贼窝，地面上堆满了毯子。你摇摇头，然后迅速溜走。

然后你走进皮革市场。

"先生，先生！看看这个！平底皮凉鞋！非常舒服，做工十分精致！

---

① 原文为"sarape"，西班牙语，译为"毛毯"。

看看吧，先生!"

一个胖胖的卖皮凉鞋的男人突然跳起来，胸前举着一双凉鞋。这双凉鞋有着细细的编制皮带，是巴黎的最新款式，然而这种款式对于当地人来说十分古老。你把这双凉鞋拿在手里，疑惑地看着它，这时这个男人的胖妻子反复说道："这鞋做工非常好，非常结实，多好的做工啊!"

卖皮凉鞋的男人经常把他的妻子带在身边。

"多少钱?"

"20 里亚尔。"

"20?!" 以一种惊讶且痛苦愤慨的口吻反问道。

"你给多少钱吧?"

你拒绝回答，而是把鞋子拿到鼻子旁边闻了一下。卖皮凉鞋的男人看了他妻子一眼，然后两人大声地笑了出来。

"有味道。"你说。

"不，先生，它们不是拿来闻的!"这两人发出阵阵笑声。

"是的，它们有味道，不是产自美国的皮子。"

"不，先生，它们是美国的皮子，没有味道的，先生，它们没有味道。"他们一直糊弄你直到你最终不相信自己的鼻子。

"不，它们有味道。"

"你打算出多少钱?"

"一分不出，因为它们有味道。"

然后你又拿起鞋子闻了闻，尽管这么做完全没有必要。尽管你拒绝出价，这对男女看到你面露难色地闻着鞋子，不时地发出笑声。

你放下鞋子摇了摇头。

"你打算给多少钱吧?"男人轻松地重复着。

你伤心地摇摇头，然后离开。卖皮凉鞋的男人和他的妻子互相看了看又发出一阵笑声，因为你闻了鞋子，然后又说它们很臭。

它们的确是。当地人用人类的粪便来制作皮革。当贝尔纳尔·迪亚兹和议会成员在蒙特苏马日来到墨西哥城的集市，他会看到人们的粪便排成排地在出售，皮革商贩四处走动，在他们付款之前，嗅到哪个是最好的。这让甚至15世纪的西班牙人都感到犹豫。而我遇到的那对男女则认为我在买皮凉鞋之前闻一闻是十分滑稽的事。每样东西都有自己的味道，而皮凉鞋有它天然皮子的味道。你也许会与一个洋葱争论，说它闻起来像个洋葱。

安静的当地人给人留下最深的印象是，他们当中有一些是聪明的、干净的，许多人身穿破旧的衣服，这些棕色皮肤的人借来的棉衣都很脏。许多野蛮的山区人，在他们圆形黑色毡子的小帽子下面，藏着野蛮的、黑溜溜的眼睛。当他们簇拥着来到卖帽子的摊位时，在他们确定买哪一顶前会长时间地犹豫不决，试戴一顶新帽子时，可以看到他们黑色的头发发出蓝黑色的光，额头前留着厚重的刘海，像是发出蓝黑色光亮的羽毛一样。其中一个让人想到坐在莲花中央、有着蓝色头发的佛像。

然而跳蚤开始在这个人的衣服里游荡。

集市持续一整天。当地的旅馆就是那种仅有几间小屋子的沉闷的院子。一些从很远的地方过来的男人会和他们的家人一起住在这个看上去像是小商店一样的房间。一些人睡在石头上，一些人睡在地上，一些人睡在集市周围，哪里都能睡觉。但是驴会在这挤满人的旅馆院子里过夜，它们耷拉着耳朵，有着充足的耐心，它们知道其他的牲口都在路上散布开来休息，这边和那边没有什么区别。

到夜幕降临的时候，布满灰尘的路上会挤满人群、未装载货物的驴和重新装上货的骡子，再次默默地被赶着离开城镇，走向村庄。它们很高兴，因为离开城镇，能看到仙人掌和连绵起伏的山丘，而有树林就意味着有村庄。在一些小村子里，它们会在树下或是墙根处躺下休息。然后第二天，就到家了。

这是无比满足的时刻，他们实现了去集市的目的。他们卖了货物，买到了自己需要的东西。更重要的是，他们有机会与别人接触，他们成了涌向中心——涌向集市中心的人群当中的一部分。在这儿，他们感受到了生命是属于自己的，他们在拥挤的人群中感受到陌生人温热的体温和柔软的肌肤，他们听到了陌生人的声音，他们用奇怪的方式向陌生人问问题并回答他们。

没有目标，也没有永久的地方，所有事情都不是一成不变的，甚至是教堂的钟塔。教堂的钟塔会慢慢倾斜，寻找曲线的回归。就像当地人形成一个巨大的旋涡，涌向集市的中心。然后又有一个剧烈的反弹，旋涡慢慢地散开，最终回归原点。

什么都不是，只是相互的接触，接触产生的火花。不是别的，接触才是最令人难以忘怀的，是唯一的珍宝。来了又走，还有这件事情的本身。

的确，在衬衫里折叠着的手帕里是铜钱，也许还有一些银币。但是这些东西终究会消失。所有东西都会消失。每条陷入时间旋涡的曲线都会消失，它们会随着某些信仰的出现而重新浮现，然后又会消失。

只有一些东西完全是无形的——接触、交易擦出的火花。这些东西永远不会被握在手中，永远都是有来有去，永远不会被留住。

像黄昏之星一样，尽管不是黑夜也不是白天。像黄昏之星一样，在太阳和月亮之间，却不受两者的影响。这个闪亮的中间者，黄昏之星只有在白天和黑夜的交替时才能看见，却比任何一方都美好。

第五章

印第安人以及他们的娱乐

我们去剧院为了消遣，也许去看《波特家》①，也许是莱恩哈②的舞台剧，也许是《李尔王》③ 抑或是《厄勒克特拉》④。这就是所有的消遣活动。

我们想要摆脱自己的命运，或者也不完全是这样，我们只是想做我们自己这一幕剧的旁观者而已，像众神在民主的天堂中那样，我们也坐在舒服的座位上，只是我们在他们遥远的下方，在整个世界的舞台上，被人工的阳光照耀着，做着滑稽荒谬的事情，就像波特家一样，也许能侥幸成功，抑或做着可悲、荒谬的事情，例如李尔王，没能成功逃脱——还不如成功逃脱的好。

我们审视自己；我们观察自己；我们嘲笑自己；我们为自己而哭泣；我们都是自己的命运之神。这么说是不是有点儿滑稽？

秘密就在于我们使自己脱离痛苦和现实的坚固束缚，变成有记忆和精

---

① 《波特家》是 1927 年由弗雷德·纽迈尔导演的一部无声电影。
② 莱恩哈是德国的舞台剧权威，同时也是演员、制作人和导演。
③ 《李尔王》是莎士比亚著名的四大悲剧之一。
④ 厄勒克特拉是希腊神话中普勒阿得斯七姐妹之一，伊阿西翁和达耳达诺斯之母，赠给达耳达诺斯一座护城神像，保证特洛伊成为坚不可摧的城池。

神意识的人。我们就是神，而我们下面的都是机器。在下面的舞台上，是地球上仅有的、呆板的自我浮夸，比如波特家或李尔王。然而，如果我们是波特人或者李尔王那个时代的人，当我们坐在高高在上的舒适的椅子上面时，我们是具有纯粹意识、纯粹精神的人，我们审视着下面的平民，他们荒谬而惨烈。

甚至连穿着长裙的小女孩和隔壁帕拉迪索夫人玩耍的时候都享受着同样的感觉。她用自己幼稚的想象力来同化帕拉迪索夫人。在此刻，这就是一种小独立个体的操纵，超越了无聊和呆板的实际现状。帕拉迪索夫人从肉体上来讲是充满恐惧的。但是，如果我能扮演她的话，哎呀，那么我就是小耶和华了。但帕拉迪索夫人只是我意识中创造出来的一个个体。

剧场的观众是具有理想意识的小部分民主个体。他们坐在那儿，拥有神的理想观点，并且传递着现实世界的欢笑与泪水。

只要你相信理想的心灵是实际的仲裁者，那么就非常振奋人心和令人满意了。只要你本能地感觉到确实有一些最重要的，以及普遍的理想意识决定着所有的命运就好。

当你在舒适的座位上坐立不安的时候，你就开始担忧了。

没有人相信命运就是偶然。事实上，夜晚结束就是白天，春夏秋冬交替，等等，这些都形成了普遍规律，这些和宇宙中普遍隐藏的一些观点对于我们来说都是不可避免的一步。

然而有一些人，那些所谓的进步人士，宇宙意识已经深入骨髓了。群众们对这个也深信不疑。每个人都十分确信自己是宇宙意识的一部分。因此，他们的乐趣就在这个剧场。更深层次的娱乐在电影艺术①当中。

---

① 原文为"cinematogragh"，电影艺术。

在动态的画面中他把自己从固态的地球生物中分离出来。在那儿，人们都是真正意义上的影子：这些投影的图片都是人们想象出来的。他们生存在快速发展和千变万化的抽象世界里。这些个体观望着这种影子奇观，把狂欢的抽象融入愉悦、警惕的精神当中。如果他最喜欢的女孩就坐在旁边，她和他同在一片天空下，那么同样的抽象狂欢就成功了。不足为奇的是这种戏剧的抽象激情变成了一种强烈的欲望。

这就是我们理想中的娱乐。

你来到印第安人中间询问他们，他们自己也说不清楚。

印第安人围着大鼓边唱边跳。他们有自己壮观的舞蹈，比如鹰舞和玉米舞。每到圣诞节的时候，他们都会围着篝火拉着手又唱又跳。在这历史的长河中，他们拥有着自己神圣的种族。

白人总是，甚至几乎总是在描写印第安人的时候流露出丰富的情感。甚至像阿道夫·班德利这样的人也是如此。他实际上并不是一个感性的人。相反，当他在描写他所熟知的印第安人的时候，情感总不经意地流露出来。

所有人都如此，包括那些人类学家和神话编纂者。这其中也包含着一些值得注意的情感，使人无奈地选择期望印第安人都下地狱等这一系列骗人的鬼话。

你应该去揭露印第安人的真相，揭露牧童的真相。当最终把牧童的真相揭露之后，也就所剩无几了。但是，印第安人的骗词不是他们创造的，而是我们。

让白人毫无情感地或带着厌恶情绪去接近印第安人是不可能的。他们对于这些击鼓的土著居民总是带有一些民族歧视。这些文化人总是陷入这种情感，仿佛人们对于臭鸡蛋的感觉一样，让人欲罢不能。

　　那么这究竟是为什么呢？——这两种反应都源于白人的同一种感觉：印第安人和我们不是一类人，他们和我们的生活方式注定是不一样的，他们的发展也和我们截然不同，你只需看他们一眼就能知晓。

　　你所能做的只有两件事，你可以厌恶这个阴险的魔鬼，因为他的方式和我们自己的好方法截然不同。或者说你可以使用心理战术，使自己和其他人相信，那个身上有羽毛的小可爱比我们更像理想中的神。

　　这才是个骗局，是个谎言，但是它拯救了我们的表象。前一种感觉，是本能的排斥，这种感觉很自然，就像对于西方的普通农民和牧场主一样，我们只能诚实地承认它。

　　印第安人的意识方式和我们的不同，并且对于我们的意识起着重要的作用。而我们的意识方式也和印第安人的不同，并且对于他们的意识起着重要的作用。这两种方法，像两股洪流，永远不可能交汇，甚至不能互相和解，二者之间没有桥或水渠相连。

　　我们越早意识到这点并接受它，我们越能早点儿摆脱那些充斥着虚情假意的尝试，而用我们自己的表达方式来接受印第安人。

　　接受人性意识的伟大悖论是获得成功的第一步。

　　人性意识的一个分支就是另一个意识的灭绝。也就是说，印第安人的生活，他们的意识流，对白人来说就意味着死亡。然而我们所理解的印第安人的意识只是我们意识中死亡这一方面。

　　然而我们不要把这转换成另外一种感伤主义。因为同样的悖论存在于白人和印度人、波利尼西亚人或者班图人的意识当中，并装作所有意识流都是为了引起混乱和最终导致没有任何效果。装作一种意识流是依据另外一种，为了区分这两种是错误的还是感伤的，你唯一能做的就是体内拥有一个精神，而这两种方法它都能看到，或者能看到更多。但是人类不能做到这一点，一个人只能拥有自己的一种意识，他能够改变自己的意识，但是不能同时拥有两种意识，这是做不到的。

因此，为了理解印第安人的"娱乐"这一概念，我们得先摧毁自己头脑中固有的概念。

也许对于印第安人来说，他们最普遍的娱乐活动就是一天结束之后的夜晚，大家围着鼓来唱歌。欧洲的农民是围着篝火唱歌。但是他们唱的是民谣或者诗歌，或者是任何人之间的故事和个人经历。而每个人对于一首歌都拥有自己对这首歌独特的情愫。

外赫布里底群岛①上的渔民们则围着篝火热情而全神贯注地唱歌。通常，他们的歌曲都是有歌词的，有的时候也没有。有时候他们的歌曲只有声音，歌曲十分美妙。他们不知不觉地陷入海浪中，而这些保守的女人们低声吟唱，穿过海浪，回到了海滩上的男人们旁边，用她们闪亮的、动人的、无知的眼神凝望着他们。

这就越来越接近印第安人的歌曲了。然而这种形象化的、概念性的东西依然远远超出印第安人的观点。外赫布里底群岛的居民始终把他们自己看作远离大自然影响的人类，他们生存在戏剧性的环境当中。

印第安人的歌声中既没有辞藻也没有想象力。他们的脸向上仰着，以至于都看不到整张脸，半闭着眼睛，嘴张得很大却不说话，声音从丹田发出，途经胸腔。他会告诉你这首歌写的是一个男人刚刚狩猎到了一只熊之后开心回家的场景；或者是求雨的歌；再或者是为了使谷物生长的歌；甚至说得更现代一点，这首歌也许是星期日早晨教堂的钟声。

但是狩猎回来的男人可以是任何人，被猎的熊也可以是任何一只、每

---

① 原文为"Outer Hebrides"，外赫布里底群岛，英国苏格兰西部行政区。

一只或者所有的熊。这不是个人的、独立的经验。这是狩猎的、疲倦的、成功的男子气概战胜了凶猛的熊类。这只是一般经验，并不独特。就像人类的血液一样，既不是头脑也不是精神。因此，这有着淡淡节奏的、持续的鼓声就像有规律跳动的心脏一样，无情，却不能缺失。印第安男人的声音却又出奇的一致。这种经历相同，他们都流动着种族的血液。然而，单纯对于我们的耳朵来讲，却是一种旋律的缺失。旋律是一种独特的情感，就像管弦乐队的音乐一样协调着那些独立的情感或经历。但是真正的印第安人的歌曲不是独立的，而且没有旋律可言。这是集奇特的、拍手的、欢呼声、欢乐的咯咯声为一体的不合时宜的淡淡的韵律，体现了内心的痛苦：从两片性感的嘴唇，从充满力量的、自由的胸膛，从伟大的汹涌澎湃的血液涌动的肚子里，浮现出他自己的经历。

这对于你来说也许并不算什么，但是对于普通的白人来说，印第安人的歌声听起来就像一只狗对着一只手鼓不满意地狂吠一样。但是如果它没能唤醒其他的感觉，那么它就会唤醒怀有敌意的恐惧。无论一个人具有什么样的精神，血统还是非常重要的。

抑或是用这首歌来促使谷物生长。这些看不清脸的人们在黑暗中俯身向前走。在看不清楚的脆弱的脸上，睫毛微微低垂着。这鼓声犹如对心灵持续的撞击。伴随着鼓声，人们的灵魂都飘在了空中，融入人类的血液当中，仿佛在寻找着永远能徘徊在空气中的创造性的存在，抑或是在寻找着他们的身份。鼓声就这样持续着，男人血脉中黑色而跳动的血液生出的创造性的玄妙的脉搏节奏，激发了种子胚芽中胆小的脉动原生质，它把创造性的节奏扔到叶和茎上，加速了地下埋着的玉米发芽的速度。

有时候他们围着鼓跳圆舞曲。这些圆舞曲有的有名字，有的没名字。这些舞蹈从根本上说源于歌曲。所有人都在高声齐唱，伴随着整个舞步中的鸟步缓缓起舞。这里没有戏剧的成分，只需你将身子前倾，肩膀和胸肌收紧，脚步有力但很轻松，伴随着脚步的节奏一直跳到地面的中心。而鼓声继续保持着与心脏同步的跳动频率。人们高声齐唱着，虽然有些时候或几分钟有些人会保持沉默，但是圆舞曲就这么一直继续着，一小时又一小时。

它既没有名字，也没有语言，也不意味着什么；没有精彩的表演也没有观众。

这或许是世界上最令人激动人心的景象了，在黑暗中，在篝火旁，伴随着鼓声，旁边屹立着成群的松树，这永恒的黑夜，这些奇怪的声音，汹涌的波涛声，公鸡的啼叫声，溪水的潺潺声，啊！还有男人的声音。

有谁知道他们在干什么？或许他们再一次使自己的血压下降，寻找着地球的中心点，而他们的心脏犹如轨道上运行的行星，一直保持着人生般奇特、孤独的循环。

但是我们在睡梦中被动寻找的东西，他们可能正积极地在圆舞曲中寻找。伴随着无休止的重节奏的脚步，这也是一种心灵的回归。这是一种黑色的血液，它从心灵到视觉，到言语，到感知，流回到中心源头，而这中心源头是闲适的、不可言状的复兴。我们白人对于睡梦的精神理念是，我们只看到梦本身，它其实就是白天经历事情的片段，只不过是白天人们意识的一个缩影罢了。我们从未意识到那黑色血液随着这纯粹遗忘或复兴的节奏回流，是多么奇特。

抑或是围着篝火跳着我最爱的舞蹈，有两个男人用鹰的羽毛做成专门保护胳膊用的盾牌，跳着做打斗状的一种舞蹈，我们称之为枪舞。节奏也是一致的，鼓声和心跳的频率保持一致，脚步像鸟儿的跳步一样，直奔着土地的中心跳去。这也有两个赤裸的舞者，他们互相跳着精致的小碎步，拿着盾牌，上面用鹰的羽毛武装着。相同的舞步，越跳越近，小心地转着圈，悄无声息地躲开或者是撤退，一般是和鼓点保持相同的节奏，舞步像食鱼蝮蛇的脚步。这是赤裸的血液存在的舞蹈，为了防止在一定范围内节奏的独立。不是技巧，不是英勇，更不是英雄行为，不是人对人的，独身的、有着血液循环的人冒险跳着独身舞，他为自己的独身感到骄傲。要证明人光荣的能力就是他能够独立地存在。人类内心的危险都是暂时的，就像一颗独立的红星一样，在一个广阔、复杂的领域中，我们的存在紧跟着寂寞的行程围绕着看不见的太阳，在许多陌生的心灵当中游荡。

其他人保持观望。他们可能唱也可能不唱，他们能看到自己的能力和他们孤独心灵的危险性，生物体独立的血液循环。他们也看到了辅助技能，敏捷度、机警性和令人却步的袭击，这就是勇士，像神话一样行动。

或者是跳那种大型、壮观的舞蹈，像鹿舞或者是玉米舞一样。鹿舞是在新年的时候跳的，普韦布洛族人聚集在屋顶上：女人、孩子、老人都是观众。猎人们站成两排，面对面。溪水飞速川流在棉木林中间，观众们正在热切地观看。最后，在原木桥上，两个女孩带领着一群动物：两个女孩披着黑色披肩，脚踩白色鹿皮高筒靴，以慢慢地、精致的舞步跳动着，一会儿面朝外，一会儿面朝里，并优美地摇动着葫芦做的拨浪鼓，留心着鼓点的节奏。在两个女孩身后，是所有的动物：男人们分成两列，一个人带一只动物，身子前倾，前面有两条细长的棍子，那其实是它们的前腿，他们身上披着鹿皮，鹿角像树杈一样戴在头上；或者是躲藏的水牛，它头上顶着毛发粗长的鬃毛，头向前伸凝视着；也可能是黑熊或者是狼。那儿，它们来了，两条长龙般的野生动物群：鹿、水牛、熊、狼、郊狼，最后是一些小男孩，像狐狸一样，用软软、尖尖的脚趾走路，在冬日的阳光下静静地走着，紧跟着前面跳舞女孩慢慢地、摇摆的节奏。

　　一切都很放松，淡淡的，精致的。没有非常困难的表演。他们不代表着什么，甚至不是表演。他们就是轻松的一种存在。

　　然而这也是一场游戏，一场非常戏剧性的、纯洁的景象。老人在一旁边跑边笑，脸上的皱纹全部展现了出来。他们正在加入大自然的神秘，伴随着内心精致的欢愉。他们取笑披着狐狸皮的小男孩，他们滚圆的黑眼睛露出羞涩和困惑之情。他们严肃地沿着队列行进着，在猎人队伍中间移动着。所有的目光都充满好奇和参加队伍的神秘感。他们很高兴，仅仅从人的角度。滑稽打诨时娱乐性的愉快接触丝毫没有让精致而庄严的好奇逊色半分，因为它源自于参加盛典本身。

　　这样你全部都看到了，舞剧、滑稽剧和人类的喜剧。同时，抖动的光明和睁大的眼睛都不能改变严肃性的高兴，你正在加入天生就好奇的队伍当中。野外生物的神秘被僻静的地方引导着，它们冷漠地退回到地上的洞中，它们温顺地被美食所吸引，女孩中负责指挥的那个出去寻找它们，在冬日里寻找食物，然而在它们后面吸引来了野外胆小而贪婪的动物，由于好奇心的魔力跟随着，正好到了人出没的地方，就在营地里，在猎人面前。两行野生动物们小心翼翼地、慢慢地跟随着，它们转身的时候发现是两个梳着刘海的女孩，她们手中有节奏地摇摆着拨浪鼓，摇摆三次停一下，目不转睛地透过她们的刘海盯着它们。这是又一次成功的庆祝，这是女人们神奇愿望的成功，她们寻找的伟大力量，她们欢呼着，那声音足以将洞里的熊喊醒。

　　我们所说的戏剧，其实就是这些庆祝舞蹈的演变。希腊戏剧就是这么演变而来的。

　　但是从印第安人的庆祝舞蹈到希腊早期的宗教盛典依旧需要很长的一段路。希腊人通常有着具体的神，庆典举行的时候一般是为了某些特定的神。然而这个神就是智者，他是一出剧的重要观众。举行仪式是为了使神满意。现在，你已经有了剧院的开端，有了表演者，也有了观众。

对于印第安人来说这很不同。严格意义上来说，他们不信奉神灵。印第安人并不认为自己是被创造出来的，因此神也是一种生物体。对于印第安人来说，他们对于神没有确定的概念。创造是一波洪水，永远涌动着，有着可爱的和可怕的波浪。对于所有事情来说，创造是闪光的，是永远没有结尾的。同样，不要区分神和神的创造，或者精神和物质。所有事情，所有都是奇妙的创造，它也许是闪耀的闪电，抑或是熊的小眼睛里发出的愤怒，也可能是奔跑着的鹿的美丽身影，或者是雪花压住的柔软、摇摆的松树枝。创造包括难以言状的可怕的敌人，不能说出来的可爱的朋友，或者是在冬日里为我们带来食物的女孩。甚至这种温柔的渴望都成了野生物种的一种可怕的危险，我们会发现鹿和熊还有水牛都会死在这里。

在我们的感觉里，没有神的存在，但是所有事情又都是神性的。没有所谓的英雄控制宇宙。创造的神秘性、创造之光吸引着好奇，体现在每一片叶子，每一块石头，每一片荆棘和花蕊，响尾蛇的毒牙，以及小鹿柔弱的目光上。事情完全的对立仍然是对于创造纯洁的好奇心，美洲狮的咆哮声和山杨树叶上的丝丝微风。阿帕切族的勇士们身上涂着颜料，呐喊着割断老女人的喉咙，但是他仍然是神秘创造的一部分。他是像玉米成熟一样的神。创造的神秘性使得我们削尖刀子，下了极度的决心用刀尖指着他。就应该这么做，这是奇迹的一部分，对于奇迹的每一部分来说我们都必须欣然接受。

印第安人接受基督被钉在十字架上，这是他们能接受的众多奇事之一。十字架上无论是基督，还是可怜的圣母玛利亚，都没能阻止赛前舞的奇怪程度。勇士们带着战利品归来了。早晨的时候他去了麦斯。两个奇迹！人类的精神就是剧院，每一个神秘都会上演。基督、玛利亚、蛇舞、刀上的鲜血：这全都是不可言状的创造洪流的涟漪，从狭义角度来说，我们称之为自然。

演员和观众之间没有鸿沟，他们是一体的。

没有一个神在旁观，这里唯一的神一直在戏剧性的奇观和创造的矛盾中。神是专注的，就像他创造事物一样，不要被分开也不要被区分。没有理想中的神。

到这儿你终于可以分辨出印第安人的娱乐和希腊早期戏剧形式的区别了。旧世界戏剧刚开始呈现时，就有了观众。只要神自己，或者是女神，提供了戏剧性的供给。神和女神最终决定变成一个智者，控制许多特殊的想法或主意。在漫长的进化过程中，我们就成了我们戏剧中的神。场景已经为我们准备好了。我们高高在上地坐着，冠以智者的头衔，统治着一些专一的观念，还可以品鉴演出。

在印第安人舞蹈中，绝对找不到这些。那里没有神，没有观众，也没有智者。那里没有主宰的观念。最后，也没有判断力可言，完全没有判断力可言。

印第安人完完全全地陷入他们自己的戏剧的奇观中。他们的戏剧没有开头也没有结尾，它们无所不包括。不能被判断，因为没有什么外在的东西能够判断它。

思想在他们那里就犹如仆人一样，使人思想纯洁并真诚地对待那些经常出现的神秘事物。思想在神秘的创造之前就倒下了，就像残暴的阿帕切勇士一样。他辨别着，不是好的就是坏的，但是还有生活和真理。阿帕切勇士残暴的行为对于神秘的创造是真的。就像他那样，他应该被击败，但是在地球表面，我们还不能称他为骗子，因为他还不能够和令人讨厌的事物分成一组，比如懦夫或者是撒谎者——他们都违背了奇迹。

印第安人，只要是纯洁的，都有两个唯一的消极戒律。

你不能撒谎。

你不能做一个胆小的人。

其中之一的戒律是，积极的：

你必须接受奇迹。

邪恶存在于欺骗和懦弱中，邪恶存在于巫术中。也就是说，为了让创造性奇迹堕落，需要有个体思想和意愿以及个体幻想。

那么美德呢？美德存在于对创造性奇迹的英雄主义回应中，彻底的回应。一个英勇的男人应该释放所有的力气去迎接和追逐奇迹。一个女人应该释放所有，变成一个灵巧的、具有非凡灵敏度的奇迹，并让男人们把自己当成奇迹，就像她们在冬天去洞穴里捕野生动物一样。

在印第安人的比赛当中你会经常看到这个：他们赤裸着身体涂上黄泥，为了掩盖他们的赤裸，向大地做涂油礼；卡住老鹰下面的绒毛，为了借用空气的力量涂油，年轻人在比赛场上接力回旋。他们不是为了赢得比赛，他们不是为了成绩而比赛，他们也不是为了展现他们的英勇。他们使出所有的能量，所有的力气，由于紧张只释放出了一半的痛苦，一半的狂喜，他们努力将自己的灵魂积攒起来发出更多的创造性的火花，这种创造性的能力能将他们的部落支撑整年，支撑数月的变迁，在人类永无止境的比赛中，沿着没有轨道的轨道创造。这是英雄的力量，神圣的英雄的力量，人们必须一直创造和保持，就像印第安年轻人用弹弓狠狠地把自己扔到该有的轨迹上，让自己的身体不可思议地工作。当他转个身再回来的时候，他用更大的力气将自己弹出，用更快的速度，把自己弹到心里的火苗处。轨道旁的老年人鼓励他，让他带着绿色的树枝，高兴的、嘲笑的、讽刺的，但同时带着一种优美的、纯净的担忧和关心。

他最后还是走了，心脏一上一下扑通地跳，眼里泛出奇怪的光，他跑着伴随着永恒不变的神，他什么都不能带给我们，除非我们赶上他。

第六章

发芽玉米舞

　　龟裂的大地上，沙子被风吹得呼呼作响。热得要命的小山丘下沉得很严重，山上布满了黑色点点的雪松灌木丛。平原上一条干涸的小溪就像黑暗中的裂缝，红棕色的河水，好像洪水一样。天空是让人不舒服的蓝色，好像碱性的一样。

　　这是一个荒芜、炎热的地方，在这里，汽车在沙中行走都是摇摇欲坠的。昏暗的地面上，龟裂随处可见，有一些盐碱地的味道。就像在梦中看到一片不可思议的大海干涸了一样，而现在这个地方是最干旱的了，这情景仍然让人回想起大海的底部，那里有沉陷的沙丘和径直破碎的平顶山，就像海底的干泥巴一样。

　　因此，这个泥筑的教堂在外面小心地屹立着，就在普韦布洛人外面，不是看得很清楚。在泥的表面，木制的泥屋檐下面有两匹布满斑点的马，被印第安人涂成一匹红色的花斑马和一匹黑色的马。

　　哗哗！在原木做的桥下面，棕色的河水湍流不息。那上面居住着普韦布洛人，干泥巴就像堆成的房子一样，乱糟糟的没有秩序，随时有可能破碎成土，完全消失，土又变成土，地还是地。

　　如果他们不崩溃那就是奇迹了。这些近似于方形的泥堆已经成型了几个世纪，这已经是一种奇观了，就连希腊的大理石都倒塌成了碎片，教堂都摇摇欲坠了。人类裸露的手掌有点儿新泥，速度明显比时间要快，而且藐视了几个世纪。

这低低的、方形的泥土房子形成了一条宽宽的街道，整条街道都是黄土地，保存了门口和淡蓝色窗框的窗子。在这条街道的尽头，再转入一个平行的干燥的街道。在那里，是椭圆形的干燥地带，那儿存活着一小片的森林，随着鼓声砰——砰——砰，男人们的低声吟唱就像风的沙沙声，在树林的最深处。

你意识到你能够听到远方的鼓声、咆哮声和歌唱的轰轰声，但是你都没有注意到，就像你没意识到风的存在一样。

它震动着，就像风中年轻、脆弱的树一样。这就是发芽玉米舞，每个舞者手中都拿着一枝绿松树的树枝。砰——砰——砰——砰——砰！鼓声响起来了。人们重重地跳啊跳啊跳啊，手中一直摆动着绿松树的小树枝，它活跃得就像个小森林，人们的歌声是低沉而有回响的，就像丛林深处猛烈的风一样。他们在跳着发芽玉米舞。

这是复活节后的第一个星期三，在基督复活之后、玉米开始发芽的时候。他们星期一和星期二会跳舞。星期三是第三个，也是最后一个绿色复兴的舞蹈。

你充分了解了舞者长长的队伍和鼓旁边站着的结结实实的歌者。你了解了忙碌小丑的黑白幻想，小丑是快乐的制造者。你逐渐听到来自舞者膝盖吊袜带上的铃声，一种持续的有规律的铃声。突然一阵狂热，鼓旁边传来欢呼声和喊叫声。之后你逐渐开始了解葫芦做的拨浪鼓震动的原因。随着舞蹈的变换，所有舞者手中的绿色松树枝开始摇摆，形成一个由绿色手臂组成的声势浩大的乐队。

　　迎面向你逐渐走来的是跳舞的女人们，远处的影子是黑漆漆的，她们就像不动的影子一样保持着姿势，每一个女人都跟随在一个有节奏跳跃着的男人身后。女人们黑色的长发如丝般柔滑，散落在后背上，男人们的头发也很亮，也和女人们的一样长，松散着披在宽厚的、裸露的、橘棕色的肩膀上。

　　她们的面部没有表情，脸庞有些大，面部皮肤都是金褐色的，双眼下垂，头上顶着一个绿色小板，像一个平的小皇冠一样。这些身穿短黑色法袍，面无表情并赤脚的女人们看起来奇怪又有点儿高贵，她们跳舞的时候几乎不动，就是沿着边缘有节奏地跳着，互相在手中传递着绿色的松树枝，伴随着鼓声，又马上跳到穿着狐狸皮的男性舞者身后。翠绿色的、彩绘的小板，像城堡大门扁平的木皇冠顶在女人们微低的头上，皇冠上有一根绳，固定在女人的下巴周围。所有的小板都是翠绿色的，都很结实，男人们的头高高低低地掺杂其中，他们的头发也乌黑亮丽。

　　你一点一点地逐渐熟悉了状况。你还是不能得到一个整体的印象，只能储存一些木头的摇摆，小树林里树的活动，发亮的黑发和金红色的胸膛，不能以任何一种方式摧毁对森林的幻想。

　　当你看着这些女人的时候就会不自主地忘掉了男人们的存在。这些女人们赤裸着胳膊、腿和脚，有着柔顺的头发和高贵的绿色皇冠，低着头面无表情，树枝随着手腕浅浅的节奏而摆动；女人们身穿陈旧的黑色短法衣，其中一个肩膀系紧，另一个肩膀裸露着，能看到她们胳膊上有一块粉色或者是白色的内衣露出来；腰上系着一条编织的羊毛腰带，手工编织的黑色法衣上点缀着深红色和绿色。戴着皇冠的头高贵地、轻轻地低了一下。像鸟爪一样的脚微微露着，脚板平平的，看起来软软地和地面黏住了，又软软地离开。而松树枝一直向外摆动着。

　　当你看着这些男人时也会忘记了女人们的存在。男人们古铜的腰部裸露在外面，伴随着有节奏的、卖力的舞蹈，他们的胸部越动越靠下，随着他们强壮的身体离地面越来越近，舞蹈就要开始了。他们黑黑的头发梳起来贴在后背上，两条黑黑的眉毛一般高，黑色的眼睛透过纤细的睫毛呆呆地望着外面。他们很英俊，并且对于节奏的把握很用心，这带给他们清醒和意志力。他们连续跳着重重的舞步，长长的壳芯项链垂在前胸随着节奏跳跃着，脖子上的贝壳也上下摆动着，他们身穿编织的白色短裙，上面有很多羊毛的刺绣，有绿色、红色，还有黑色，随着膝盖的一上一下我们能够看得到，那发白的灯芯绒短裙被一个短裙带在一边吊着，永远被缠在右腿上，一直到脚踝，膝盖下面的红色羊毛吊袜带上的铃铛一直在响，脚上穿着鹿皮靴，靴子面是漂亮的臭鼬皮，主体是黑色，上端是白色，一步接一步垂直地踏着地面，脚步是俏皮的、沉重的、精确的。稍微向前倾一点儿，他的右手握着一个葫芦做的黑色拨浪鼓、左手拿着一根小绿树枝，舞者们持续地跳着永远向下的舞步，也从他们的头脑中把生活带离得越来越往下，从宽广、漂亮、震动的胸部低到膝盖的受力点，之后向下到脚踝，最后从脚到泥土里，朝着男人们的地方——地球红色的中心奔去。这个地方被称为红色地球的中心，这是他们涂彩的地方。同时，从太平洋得来的壳芯在胸前不停地上下摆动。

　　他们一直跳啊跳，既不出汗也不喘粗气，在烈日之下他们毫不费力地不停跳着。虽然他们没有集中注意力，但是他们依旧在听，在观察着。他们能听到一群老年人沉沉的、有节奏的歌声，就像一阵疾风吹过的飒飒声。他们能够听到人们伴随着鼓声挥舞着树枝的叫喊声。他们能够跟上歌曲的语言，在那一刻，他们摇动着黑色的拨浪鼓、轮盘和行断，不论男女，他们互相穿插着形成了一个新的队形。随着男人们的转动，他们黑色的头发闪闪发亮，那长长的狐狸皮摇摆着好像一个尾巴一样。

然而，他们还是会站成一排，站成一条漂亮的直线，像生活一样灵活，却像雨一样笔直。

围着鼓的人都是年长的，或者说是比较年长的。他们站在一起，穿着白天穿的法衣，紧身纯棉衬裤，粉色或白色的棉衬衫，头发用红色灯芯绒系着，头上系着粉色、白色或蓝色的碎布。他们就在那儿，坚固得像一窝蜜蜂，他们黑色的头发和粉色的碎布交织在一起，手中随着节奏摇摆着松树枝，轻轻地跳着，舞步基本上集中在右脚，一边跳一边唱，他们的眼神很专注，深色的嘴唇向外翻着，低沉的声音犹如风一样刮过，嘴中的歌词神秘而不为人知。

突然，孤独的击鼓人将鼓转了一圈，以更高的调子开始了另一段重击，砰——砰——砰！取代了之前蹦——蹦——蹦的低音。鼓手旁警惕的人大声呼喊并轻微摆动着，跳着鸟儿的舞步。小丑们面对天空摆出奇特并生动的姿势。

古铜色皮肤的男性舞者站成一排开始摇动拨浪鼓，他们打破了节奏，变换成一种奇怪、漂亮的两步式，长长的队伍突然变成了环状，舞者们形成了四个环，在步伐一致、隐约可见、顺从的女性身影中间，这些男性舞者跳着舞形成了圆，这些女性舞者都头戴翠绿色的皇冠。之后他们慢慢地又改变了，形成星星的形状。再然后，他们彼此分开，又站成了原来的队伍。

裸露的小丑全程穿插着。算上古铜色皮肤的男性舞者，一共42个人，带着皇冠的女性们的加入就像男人们的影子一样。那些年长的、穿衬衫唱歌的歌者和系着黑头发的有60人，或者是64人。小丑有24人。

他们不仅瘦弱而且都是赤裸的，身上涂着黑白色的泥土，头发被弄成白色，在头顶上方梳起来一个小辫子，不知从何处长出来一丛玉米皮和干的玉米叶子。虽然他们什么都没穿，但是身前身后有一小块黑色的方形布料，这样看来，他们并不是赤裸的，有些是白色的，上面有黑点，像个美洲豹一样，有些是黑色宽条或者是锯齿形的，他们的脸都是黑色的，上面涂着三角或直线，看起来像带着怪异的面具一样，与此同时，他们的头发都束在一起，直直的，被涂成白色，用玉米皮系着立在头顶部，变得更神秘了。他们可以是任何事物，但是他们是自然的，就像枯死的玉米棒一样，一簇一簇地在山顶上。

很多时候，他们跑起来很像奇怪的斑点狗，他们赤裸着迂回前进，趁人不备进入舞蹈的队伍，喜剧般的、怪异的，赤裸着跳着舞步，之后欢腾着穿过队伍，用闲着的手摆好姿势，想从天空喊下来什么，又想从地面喊上去什么，前面的舞蹈一直在继续着。偶尔他们能在歌者的歌声中听出来什么，或许是一颗星星的名字，或者是风的名字，又或者是太阳、云彩的名字，他们的双手举高并在空中合十，又慢慢地落下。当他们再一次在歌声中听出来有关地球、地球的深度、地球上的水或者是红地球的复苏之类的词语时，他们就慢慢地拍手，开始靠近水，靠近地球的复苏，地对天，天对地，上下互相影响，让玉米快速生长，这就是生活。

在他们跳舞期间，小丑们一直在关注着跳舞的男人们。如果舞者身上系的狐狸皮松了，他们就在舞者跳舞的过程中系紧它们，或者是弯腰给另一个舞者系鞋带。但是对于舞者来说，他们从头至尾都不能犹豫。

之后又过了四十分钟左右，鼓声停止了。舞者们慢慢地形成了一条直线，女人们在男人们身后，直奔着基瓦会堂①去了，她们悄无声息地，就只能听到寂静中膝盖铃声的叮当声。

---

① 原文为"kiva"，基瓦会堂或大地穴，美国印第安人使用的一种圆形建筑。

　　与此同时传来了看不见的鼓声，从上方传来，那看不见的低低的声音越靠越近，这是另一半，另一半族人来继续这个舞蹈。他们在基瓦会堂四周出现——一个小丑和一个舞者在队伍的最前面，年长的人们肩并肩在强烈的爆发中唱着歌。

　　从早晨十点开始直到下午四点多钟，先是前一半的表演，再是后一半的表演。直到最后，一天的收尾之时，前一半和后一半合并了，两种歌声就像两阵风一样相互抨击，这错综复杂的舞蹈变成了一片真正的森林。这是第三天的结束。

　　后来，男人女人聚在屋顶排成两个塔一样的形状的建筑前，小丑们围绕着基瓦会堂滑稽地跑着，从女人们手中获取面包或者是蓝玉米饭。女人们挎着大篮子，装满面包和石榴，用双手赠予食物。

　　发芽的奥妙不是生产，而是长出什么，或者说是复苏，就像种子生长除了生命一样，这才是实现了的。天空自有它自己的优点，它的水量，它的星星，它游离的电流，它的风以及指尖的寒冷。地球的体内是红色的，包括看不见的炽热的心，内部的水和液体，以及数不清的东西。在他们中间，小小的种子——也就是人类，就像种子一样忙碌而警觉。不论从哪个方面来说，人们都称人类是知者，运用他自身的知识，不仅能够影响其他，也能够被其他所影响。人是有弱点的，他太主观，这体现在他的弱点和征服欲上，作为主人，他带来看不见的影响，而且都能被接受。他们指挥那首歌，在有节奏的舞蹈当中，接受着小丑们的愚人表演。他作为主人来讲，实现了完满。他参与了玉米迅速生长的过程，从发芽到抽穗。最后，当他们吃面包的时候，他又重新获得了他所失去的，再一次分享玉米的能量，接触了外面的广阔天地。

霍皮蛇舞

　　霍皮人就居住在亚利桑那州，毗邻纳瓦霍人地区，在圣菲铁路的北方约 70 英里的地方。霍皮人是生活在村庄里的普韦布洛部落的印第安人，因此他们的生活空间不是很大。这里充斥着荒芜的沙漠，远眺沙漠，那里有被参差不齐的岩石隔断的三座贫瘠的平顶山。而普韦布洛人就居住在这参差不齐的、一片荒芜的平顶山之上。

　　沃尔皮是距离这里最近的一个村庄了，它在一个很高很高的寸草不生的山顶上。整个山都是灰蒙蒙的，满眼尽是石头和尘土，道路还非常崎岖。亚利桑那州热烈却明媚的阳光普照着整个山下。

　　沃尔皮被称为"第一平顶山"。就在沃尔皮的最远端，有一个裂缝暴露在苍天之下，裂缝中满是被祭祀的鹰的尖嘴、爪子和骨头。每一年，这里的人们都会杀一只鹰用来祭祀，在峭壁的边缘碾或是轧那只鹰，直到血流尽了为止。之后，把这只鹰扔进裂缝中，裂缝在隆起处最远的灰色尖端中。

　　我们继续向前行进了 30 英里，这 30 英里的路程十分崎岖和恐怖，就这样我们翻过了第二个平顶山，它叫作齐莫波沃。接着我们继续向第三座平顶山行进。8 月 17 日是一个星期日，那天下午我们沿着那片灰色的沙漠缓慢地行进，那里低低的鼠尾草都变成了枯萎的黄色。黑色花冠连成片，仿佛是送葬的队伍①一样。游客们乘坐的汽车正驶向第三座，也就是最远的一座平顶山，需要经过 30 英里的路程，穿过那片可怕的沙漠，沙漠里有个奇怪的旋转着的水车，强烈的沙漠风将成片的谷物刮跑了，犹如妇女们围着的流苏围巾在随风飘动一样，我们离那座灰色的高高堆起的平顶山脚不远了。

我听说蛇舞每年只举行一次，每次轮流在一座平顶山上举行。今年，也就是 1924 年，蛇舞按照传统在奥特维拉举行，它是第三座平顶山上最靠近西边的一个村庄。

来这里的车辆络绎不绝。孤独的第二座平顶山越走越远，参差不齐的第三座平顶山却越来越近了。

第三座平顶山有两个最主要的村庄，离得最近的是奥赖比，离得远一些的是奥特维拉。我们爬上了车，车的四个轮子仿佛是黑色甲壳虫的四肢，跨越了校舍和仓库，爬过了贫瘠的岩石，翻过了亘古不变的巨石，一路蹒跚着走近了天边那座微不足道的教堂。在远方，奥赖比有一些粗糙的小石屋，它们灰突突的，看起来已经荒废了的样子。所有的车辆都朝着一个方向前进，显然，没有人落下。

继续向上爬，爬到半山腰，再走几英里，穿过这座高耸、荒凉的平顶山就到了奥特维拉，蛇舞就是在这里举行。在矮松灌木丛中间已经聚集了许许多多的车，就像露营一样。

奥特维拉是一个拥有着灰色小房子的小村庄，这些小房子是由未被加工过的石头和泥土建造的，围绕着一个小型的椭圆形广场，但是部分已经损毁了。这个小广场里的一个主要的二层小楼有着大大的玻璃窗户。

---

① 原文为 "funeral cortège"，法语，送葬的队伍。

　　这是一个充斥着蛇和鹰的灰色的小村庄。这里的一些肤色黑黑的、身材矮小的、瘦瘦的印第安人在沙地里种植了一小片桃树，他们种的豆子和南瓜暴晒在阳光下，他们的泉水都是盐水。

　　今年翻山越岭来看蛇舞的有三千多人。这三千人来自三教九流，有纽约来的文化人、加利福尼亚人、旅程紧迫的游客、牛仔、纳瓦霍印第安人，甚至还有黑人。年龄跨度很大，包括父亲、母亲、孩子，不分种族，不分胖瘦，还有对于蛇舞不同态度的好奇者。

　　他们都是来干什么的？大多数人都是来看表演将活的响尾蛇放进嘴里的。一个短发齐耳的女孩喊道："我从来没见过响尾蛇，我特别想看看！"

　　那么她的愿望实现了。人们热切地追随几百英里就是为了能亲眼看看表演者训练响尾蛇的表演，虽然响尾蛇可能分分钟会咬他们——甚至是咬伤他们。可既然想看，那又算什么呢！

　　还有一部分是例行的舞蹈。当然我们也可以从文化角度来欣赏，就像我们欣赏安娜·巴甫洛娃①舞出俄罗斯芭蕾一样。

　　还有另外一种视角——宗教视角。蛇舞表演之前，在星期一的时候，整个广场座无虚席，窗户上也坐满了人，就连屋顶上也是，形式各色的人们都是怀着强烈的好奇心而来。在开始之前有一段简短的演说，这段演说的主要内容是告诉观众们，在表演时请大家保持安静和对表演者充分的尊重，这是霍皮印第安人的一项神圣的宗教仪式，不是公众的娱乐活动。因此，请大家不要鼓掌、喝彩或者是欢呼，请记住像自己在教堂中一样。

　　观众们很有涵养地接受了这个不成文的规定，在这个所谓的"教堂"中环顾四周只是露齿浅笑。这个观众群是非常活泼得体的，并且能够接受

_____

　　① 原文为"Anna Pavlova"，安娜·巴甫洛娃生于1881年，是20世纪初俄国芭蕾舞坛的一颗巨星，她为芭蕾做出了无法估量的贡献。

任何形式的情感表达。有宗教信仰的这些印第安人其实也是一种形式上的公共宠物。

从文化的角度来说，霍皮蛇舞也没什么大不了的，和马戏团表演、孩子们在街上玩的游戏大同小异。比如圣多明戈的玉米舞也没有给人留下深刻印象的美。祖尼的普韦布洛人、圣多明戈人以及陶斯人都有各自的文化传承，而这些并没有被霍皮蛇舞表现出来。最后的奇异风格战胜了美，在触摸恐怖之时又感到了陌生，随后就是留在观众心中的激动。

作为一个有教养的观众，它其实是个马戏团的表演：表演者确实和蛇一起转圈跳舞，从毒蛇的口中脱险。同样，作为一项宗教仪式来说——当然，你可以像观众一样对霍皮人表现出十足的礼貌；或者你一定与这种形式暗藏的宗教信仰有思想上的火花。

"哎，这些印第安人，"我听到一位女士说道，"他们以为我们全是兄弟，这些蛇是印第安人的兄弟，印第安人也是这些蛇的兄弟。他们永远不会伤害蛇类，他们不会伤害任何动物，因此，蛇也不会伤害印第安人。他们都是兄弟，彼此之间都不会互相伤害。"

这听起来还不错，不过印度人比霍皮人要好一些。这个舞蹈本身没有传递很多关于友谊的理念，丝毫不像圣弗朗西斯为鸟祷告一般。

我们所说的泛灵论不是精灵的宗教，是精神层面上的宗教，而不是精灵。在这里没有创造者，严格意义上来说这里也没有神灵，因为所有人都是活的生物体。在我们对于宗教的概念里一直存在着神和创造这两件事。我们都是上帝创造出来的，因此我们为上帝祷告就像圣父、救世主和造物主一样。

但是严格意义上，对于美国的土著居民来说，在他们的信念里没有圣父也没有造物主。而他们所谓的伟大的生活来源是太阳的存在：有了太阳的存在就不必再去向雷电做祷告。自从太阳出现，它带来了超凡能量，从而在无形中给我们带来巨大影响，比如阳光、温暖和雨水。雨水、高温和雷电这些相互关联的能量也给我们的生活播了种，比如谷物，又或者是像蛇一类的生物。还有比这些更高等一些的，比如人类。但是这些都是分开出现的。在这里没有统一体，不能和谐地把它们归为一类。物种的隔离性对每一个生物体来讲都是十分严谨的。

那么，太阳也好，雨水也好，阳光也好，雷电也好，它们都是活生生的存在。但是它们不是人类。它们是存在的，它们是生物体存在的证明，但是它们不是有理性的神。

所有生物体都是有生命的。雷电、雨水、阳光……但是它们不存在于我们的感觉当中。

我们人类怎么才能够与巨大的生物骚动产生联系？比如说雨水、雷电和太阳，它们都是有意识的，而且是有巨大能量的生物体，但是它们和众多的野兽不一样，它们是不可思议的，也是不可理解的。然而我们人类该怎么让自己和宇宙中的百兽有关系呢？

这个问题一直困扰着几个世纪的人类。我们的信念就是宇宙是物质的，终会被人类的精神所征服。瑜伽信徒、托钵僧和圣徒们都被精神力量所打败。然而真正征服宇宙的还是科学。

美国印第安人将精神和物质视为无差别，神和非神也是如此。一切事物都是有生命的，虽然个别的不是。雷电既不是托尔①也不是宙斯②。雷

---

① 原文为"Thor"，托尔，是古北欧神话中负责掌管战争与农业的神。他的职责是保护诸神国度的安全与在人间巡视农作。北欧人相传每当雷雨交加时，就是托尔乘坐马车出来巡视，因此称呼托尔为"雷神"。

② 原文为"Zeus"，宙斯（英语：Zeus，希腊语：Ζε，或 Δα），是古希腊神话中的主神，第三代神王，克洛诺斯和瑞亚之子，乌拉诺斯和盖亚之孙。众神之首，奥林匹斯山最高统治者。

电有巨大的生命体，它证明了自己像不可思议的怪物一样，或者是原始宇宙中的巨型爬行鸟类。

我们该如何征服像魔鬼张开大口一样的雷电？我们又该如何抓住这暴雨？

我们自己建水库供给沟渠和自流井。我们发明避雷针，建造了许多电站。我们称之为科学、能源、原力。

但是印第安人并不同意我们的做法。他们认为这一切都是活的生命体。我们应该温和地对待它们，怀着深切的尊敬，同时带着绝望的勇气。因为人类需要征服宇宙怪物，比如雷电和暴雨。暴雨从空中倾盆而下，随后慢慢地消退，这种来和去的能量关系很奇妙，这种能量源于生活，甚至对于我们的科学来说，这种能量也是人们需要征服的，像有斑纹的蛇一样软而轻的雨。

我们用水坝、水库和风车来征服他们。而印第安人，就像古代的埃及人一样，试图寻找撒旦来征服神秘的意志。

我们应该记得，对于万物有灵论来说，我们的背后没有完美之神，它既能从它的知识当中创造出我们，又能预知所有。没有那样的神。在这谎言的背后，只有可怕的、恐怖的、未经加工的能源、神秘的太阳以及万物的根源。这神秘的太阳能够产生魔鬼、雨、风、电、阳光和光明。这就是超凡力量和能量。这些带来了地球，之后是爬行动物、鸟类和鱼类。

这些超凡能量不是神，它们是魔鬼。创造太阳本身就是一股专制力量，不仅巨大而且非常有能量，比我们要强得多。地球上唯一生存的神就是人类本身。对于神来说，人类的存在是没有被预知的。他们一点一点地被创造出来并逐渐进化，经过漫长的努力，沐浴烈火，承受生活的磨炼。他们是创造的极致，在太阳的熔炉中冶炼，在风雨中用锤子和雷电锤炼，在呼呼咆哮的风中嘶吼。宇宙真是一个大熔炉，魔鬼的巢穴，英雄、半神①和人类都在这里诞生。这是一个广袤而猛烈的母体，灵魂像地球上的钻石一样，在极限的打压下产生。

因此众神不是源头而是结果。然而最伟大的神才能有结果，也就是人类。但是神就像花儿一样也会枯萎，摆脱了魔鬼的利爪，依然赢得了完美，拥有了虔诚的信仰。人类也像花儿一样，终究会枯萎。人类像花，雨水既能将它谋杀又能救济于它，高温用它光明的小尾巴与它擦身而过就能将它损毁。或者从另一个方面来说，它能轻松地把它从混乱中解救出来。人类就像花儿一样脆弱，而神在人类之上，想要征服它还是十分困难的。

他不得不去征服，先抓住自己拥有的，然后再去征服所有，征服整个宇宙的能量。然而对于我们来说，科学是我们征服的手段。通过科学，我们成为征服者和地球上最后存在的神。但是对于印第安人来说，我们所谓的机械过程都是不存在的，征服完全取决于生存的意愿。

这就是美国土著居民、秘鲁人、阿兹特克人和阿萨巴斯卡人的宗教信仰：或许全世界都信奉这种最原始的宗教信仰。在墨西哥，粗鲁、原始的神以及魔鬼都会导致人们的恐惧。但是对于普韦布洛印第安人来说，最可怕的魔鬼仍然是那些看起来热心肠的人。

我们的思绪又回到了霍皮民族。他肩负着最困难的任务，那就是顽固的命运。注定了的命运将他带到这荒芜的平顶山的顶端，那里满眼岩石和老鹰、沙子和蛇、风、太阳还有碱。这些都是他需要征服的。不仅仅是这些，这个地方的自然环境也是需要我们适应的。但是这些不可思议的精神生活统治着这里，统治着鹰和蛇。

---

① 原文为"demi‐gods"，半神，通常都是神和凡间生物所生下的。

　　和其他的一样，这都是命运的安排。人类精神的命运取代了我们的思想和精神。我们开始拥有对自然环境进行科学征服的力量。这相当的简单，而我们就是胜利者。且看我们黑色的汽车像甲壳虫一样在奥赖比岩石的表面上爬行；且看我们三千多游客聚集在一起聚精会神地看那二十多个跳着蛇舞的舞蹈者的表演。

　　霍皮人试图通过神秘的方式，用人的生存信念来征服龙宇宙的生存。埃及人在许多年以前曾用过其他方法进行过局部的斗争。然而谷物并没有让我们失望：我们并没有经历长达7年的饥荒，而且很显然我们也不会有如此的境遇。但是其他的事情让我们失望，那就是来自我们内心的阳光。暴雨就像透明的怪物一样，让我们摸不到痕迹。对于我们来说，天堂只在白天才打开大门，或者说开启淋浴。我们这些小神也只不过是机器而已。这已经是最高评价了。我们的宇宙就是个伟大的机器。而我们会因倦怠而死。狡猾的魔鬼会在众多人之中刺痛我们。上帝欲毁其人，必先夺其理智。

　　在星期日的晚上会有一个小型的舞蹈在奥特维拉的集市上演出，这种舞蹈被称为羚羊舞。这儿有一块椭圆形的由沙子铺成的小地方，很炎热，在这个小地方的最南边有一丛绿色棉木的大树枝，像羽毛一样，在台阶上绿荫最下端有一个小盖子盖着天窗。他们说蛇都在下面。

　　他们说那部落中12个负责捕蛇的人已经在岩洞里抓了9天的蛇了。他们在基瓦会堂里做了9天的礼拜，其中有两天他们完全斋戒。这些天来他们一直在照顾着这些蛇，一遍又一遍地用清水清洗它们、抚慰它们，与它们进行精神上的交流。人类的精神抚慰、找寻并与蛇的精神进行交换。对于蛇来说，它们更为初级，它们更接近伟大的洪荒之力，更接近无名的太阳神，它们了解雨水滑落的轨迹，知道天空中雨神嗒嗒的脚步声。对于雨神来说，蛇是人类的下一个使者。蛇距离能源的源头很近，那个地球中间黑暗的、潜在并具有能力的太阳。对于有教养的万物有灵论者和普韦布洛印第安人来说，地球的黑暗中心支撑着黑暗的太阳和我们的存在，它围绕着我们的世界环绕着，就像蛇一样。蛇距离黑暗的太阳很近，只是比它还要狡猾。

他们都说响尾蛇不是旅行者，它们在出生的地方死亡。据说，霍皮人所谓的蛇教父很有可能每一年抓住的都是同一条蛇。

不管怎么样，日落之时，在真正的舞蹈开始之前，先有一小段舞蹈称之为羚羊舞。我们在屋顶上等候着。我们身后拴着一只鹰，这只鹰脏兮兮的，站在屋顶上，用一种无法言状的愤恨的目光盯着我们。看看它，再看看印第安人对动物有多少"兄弟般的关系"——静默的容忍说明了危险的区别。我们不去等待事情的发生。这里没有鼓声，也没有注意事项。突然，一群人冲进了广场，他们通体涂抹着灰色和黑色，除了苏格兰短裙外，再没穿其他东西——这种刺绣短裙就像其他普韦布洛人穿的神圣舞裙一样，在白色纤维布上，点缀着红色、绿色或黑色。他们身后挂着狐狸皮。这些舞者的脚全部都是纯烟灰色的。他们的头发很长。

最前面的是一个胖胖的男人，一头又长又浓密的灰色头发，前面有着厚厚的刘海。静静地，他一步一步有规律地往前走，走成一个圆，随后跟上的是另外一个灰头土脸、长发、赤裸着身体的男人。岁数最大的走在最前面，走在最后面的是一个十四五岁的短发小伙子。担任这个羚羊舞祭祀的人只有8个。他们围成一个圆圈，全神贯注地，直到那个前面的彪形大汉那一头松散的灰发散落在地上的盖子那里，盖子在基瓦会堂的粗树枝边。他快速地摇动着右手心里攥着的玉米粉，撒到地上，又光着脚丫用右脚用力地踩了几下，因此木头有了回声，他又继续全神贯注地向前用力踩着。每个人，包括那个男孩，都摇动手中的玉米粉，然后踩踏，全神贯注地围着圈子走，又一次到达盖子那里，又继续摇动、踩踏，一心一意向前走，当第三次到达盖子或天窗的时候，点燃它，踩踏，然后又继续。此时这8个人在盖子前排成一列，站在盖子和一丛一丛翠绿的树枝中间。他们站成一排，背对着基瓦会堂，静静地、全神贯注地对大地微微地鞠了一躬。

突然来了一批脚步匆匆的人。他们脏兮兮的，赤裸着身体，身上贴着"驱病符咒"，后背上还有菱形的黑色污点。他们乱七八糟的头发紧紧地梳着，那个黑黑的、灰色头发的壮汉走在最前端，随后是中年的，然后是青年，最后是两个瘦瘦的学生模样的短发孩子。那个年轻人的头发一定是离校之后养起来的，齐耳短发，显得头圆圆的。

这些成年人都很结实，但是有点矮，他们的肌肉很紧实，线条很好，站得直直的。他们没有陶斯印第安人那瘦瘦的腰，他们有的是古人的一丝不苟和感觉上的迟钝。他们的头发又黑又多。这就是所谓的蛇祭祀人员，他们属于蛇族。今晚，他们一共来了11个人。

他们快速地绕圈走着，默默地记住自己的角色，把玉米粉扔到盖子上然后用脚踩，在第二圈的时候同样把玉米粉扔到盖子上然后用脚踩，再来一圈时，在盖子上点燃它们，然后用脚踩。对于野蛮人和万有灵论者来说，燃烧或许是一种祈福、共享，抑或是一种信奉。

这11个蛇的祭祀者默默地站成了一排，面对着对面8个脏兮兮的羚羊祭祀者，中间隔着那个小盖子，双方互相鞠了一躬。之后，羚羊祭祀者微向前倾，开始低声吟唱，或者可以说是喊，那歌声中没有歌词，就只有深邃的、低沉的声音：呀——啊！呀——啊！呀——啊！之后他们从右到左倾斜，用左手摇两下那扁扁的白色拨浪鼓，每摇一下，他们的右脚都跟随着重重的节奏踏两下。他们的右手攥着玉米粉，又抓着一个小皮包，可能里面也是玉米粉。

他们从右到左倾身，每次拨浪鼓上那两枚像谷子一样的东西一摇，脚步声就随着重重的节奏开始了，同时伴着那低声的歌唱。这低低的声音很奇怪，就好像我们从未听过这种声音，它揭示了人们在祭拜中有多么用心，我们下面的世界，蛇的世界和土地中的黑暗之路有多么深沉。那个世界满是谷物的根茎，满是不规则的小溪，在地球最深处的暗黑太阳处，尚未创造的生活激情像黑暗中飞速的闪电一样飞跑，跑到谷物的根茎和人类的脚和腰部。他们的声音很低，像极了蛇的语言，他们为蛇而唱，黑色的光线从地球上的"太阳"发射出来。

此时此刻，观众们突然鸦雀无声。这就是埃及最著名的黑暗和寂静，触碰另一个神奇的时刻到了。所有的目光都投向祭祀征服者，我们这些白人有几秒钟的无礼言语，之后我们听到了沉闷的——啊——啊！啊——啊！这声音是喊给蛇和地球中心的。

持续了一两分钟左右。之后羚羊祭祀者鞠躬后站立，蛇祭祀者紧接着开始低声吟唱，有时候很低沉，就像喃喃自语一样。节奏是粗糙的，齐唱的摇摆也是不均匀的。不过从文化角度上来看，这也没什么。如果它没有那么神秘的话，就不会在黑暗中被人神圣地关注。

几轮之后，这两排脸上涂着色彩、头发很长的男人们开始面对面交替摇摆着唱圣歌。伴随着圣歌，这轮仪式就结束了。队形里面有一个缺口。一个年轻的蛇祭祀者举起了一件东西，可能是玉米棒之类的——或许是羚羊祭祀者递给他的——徐徐朝我们走来，他身后跟着一个稍年长的、壮壮的却很有型的蛇祭祀者，用羽毛拂去他肩上的尘土，可能是鹰的羽毛，那个所谓的玉米棒可能是印第安人用的空心祈祷棍。伴随着沉重的跳跃，他们移动到了之前的那个圆圈，这个年轻的祭祀者好奇地举起玉米棒，年长的祭祀者欢心地走在年轻人身后，嘴里说着咒语，用祈祷羽毛优美地轻抚着年轻人的双肩。这是神的旨意，传递到了我们的手中，从我们的手中又传递到了玉米棒上。这时，许多年轻的祭祀者出现了，头低垂着，后面的年长祭祀者用手举着玉米棒悬在年轻人头上方。他们绕着一个粗糙的曲线向前走，又走回到基瓦会堂，又拿起另外一根玉米棒，像刚才那样重复动作。

这就是全部了。就在10—15分钟结束。这两队人迅速排好队形，又无声地散场。这真是一个简明扼要的表演。

人群渐渐散开。人也不是很多。表演中也没有毒蛇，所以来的人们也不必害怕。因此，一直沉溺于紧张状态的祭祀者有能力征服白人观众。

第二天的中午，三千多人聚集到了小广场上，为了保护自己，他们站在了屋顶上、窗沿上等安全的地方，直到普韦布洛人摆好位置代替了石头。形形色色的人们，成千上万的女性白人都像男人一样穿着马裤，成千上万的男人们驱车前来，许多纳瓦霍女人身穿紧身的天鹅绒长裙，男人都很瘦，身穿低腰裤，像真正的游牧者一样。每天在烈日的照耀下，风吹着沙子，将沙子吹到了角落里，三千多游客等待几个小时就是为了观看演出。印第安警察将基瓦会堂门前的椭圆形中心清扫干净。前排的观众在地上密密麻麻地坐着等待着。最后由于观众的期待，演出提前了，突然地、静静地，以同样匆忙的节奏开始，羚羊祭祀者聚到了一起，像往常一样，他们在盖子顶上围成了一个圈。今天，这八个羚羊祭祀者都很年长。他们的脚都是灰色的，就像穿着羊皮短靴一样；他们的下颌也是灰色的，剩下的脸部都是黑色的。那苍白的灰色下颌使他们看起来像用带子裹着的死人的脸。他们全身都被脏兮兮的灰土覆盖，腰部是黑乎乎的衣服。

他们围着圆圈，默默地站在盖子后面，背对着那一抹绿。一排神秘的老年人手中拿着小皮包。他们是影子的主人，是黎明的前奏，就处在前生和今世，并把风的变化放进屋里。他们是神秘的主人，是迅速移动的变化的力量。

在一阵寂静过后，突然随之而来的是蛇祭祀者们，头上顶着相同的像铁一样沉的白发。今天他们一共 12 个人，大到年长的，小到瘦小的、正在发育的 14 岁短发小男孩。12 个人，分别位于六个位置，每个位置两个人：东、南、西、北、上和下。然而奇怪的是今天他们都有点儿恍惚。他们的脸是黑色的，给白人看到的就是他们亮晶晶的眼睛。他们都穿着黑色半裙。他们是黑暗中热情生活着的人们，他们是地球内部的光线，他们是黑太阳——地球重要的中心，像横梁一样。

他们快速地绕着圈走，不规则地、静静地走了 3 圈。之后跨过盖子站成一排，面对着那 8 个年长的人。除了年轻人以外，其余所有人深鞠了一躬。

之后在热切的、秘密的、低声的歌唱中，这些人开始从右到左倾斜，握手，一二一，一二一，从右到左，从左到右互相鞠躬，就在盖子上面，盖子的下面就是蛇。他们低低的、神秘的声音不是给地上的人类听的，而是给地下的灵魂听的。

但是观众们为蛇感到焦虑不安，他们甚至等不到这场哑剧的结束。现场的气氛有点儿混乱和急躁。但是从年长的人到黑人，唱的圣歌和摇摆动作一直循环往复，好多遍。

祭祀结束了。阵型的编队也解散了。围着那个盖子的人稍微有点儿多，所谓的羚羊祭祀者正在谢幕。在观众们意识到其他事情之前，一个年轻的祭祀者出现了，向我们很恭敬地鞠了一躬，脖子上盘着一条苍白的、纤瘦的响尾蛇，响尾蛇的蛇头很小，有点像鸟头，被放在了祭祀者张大的口中，蛇头很老实，在这张黑色的脸颊旁边悬挂着一条长长的、黄色闪光的蛇，就像一条厚厚的、漂亮的绳索一样。这条蛇穿过年轻祭祀者黑黑的脸颊，从祭祀者口中出来后在原地转圈，在年轻祭祀者的身后是年长的结实的祭祀者，他带着一种强烈的、认真的、焦虑的专注使用羽毛做成的祈祷棒轻抚他的双肩，就像我曾经看见的古印第安人跳的宗教舞蹈一样。

从人群中走出来一位黑皮肤的年轻人，他张大的口中同样有一条蛇，一位年长的祭祀者用羽毛拂去他肩上的尘土，接着给另一位和其他人挨个儿拂去，直到人群壮大，可能是 6 个人，之后那 4 个口中含蛇的祭祀者们沿着圆圈走，一共走了 3 圈。在走最后一圈的时候，年轻的祭祀者弯腰并缓缓地把他的蛇放在地上，让它离开，到万物中去。它肯定不会爬回到基瓦会堂的矮树丛中。

惊奇了一阵之后，这条苍白的小蛇用响尾蛇漂亮的步伐前进着，时而成波纹状，时而成环状，小脑袋好像触角一样，敏感地抬起来，好奇的它像一道松软温润的闪电，穿过沙堆直奔场地上蹲着的观众而去。当蛇离观众越来越近的时候，观众们目瞪口呆蜷缩在了一边，十分恐惧。当小蛇距离观众太近的时候，两个黑皮肤年轻祭祀者中的一个突然冲出来，他手持驯蛇棒，将棒子举过小蛇的头顶，怀着敬畏的心情专心祈祷，同时也是一种征服。然后祭祀者从地上轻轻抓起那又长又苍白的小蛇，在坐着的观众头顶挥舞着，随后顺势让小蛇从他的左手滑下，拍了拍它，并抚慰了一下这个头长得像鸟的小东西，然后将它带回基瓦会堂，把它交给一位白胡子羚羊祭祀者。

同时，另一个年轻的祭祀者一直在表演吞蛇。这个小伙子已经表演完了一整套动作。他把他的响尾蛇放在地上，就像船一样行进着。当小蛇开始向前走的时候，两个年轻的、黑皮肤的蛇祭祀者手持蛇棒，他们就是捕蛇人。当它离观众越来越近的时候，他把蛇举起来戏剧般的挥舞，他的眼中散发出惊奇的目光。在这个过渡时期，基瓦会堂树枝边洞里的祭祀者给了这个年轻祭祀者一条长长的、漂亮的牛蛇。牛蛇是无毒的。它是一种大蟒。这条牛蛇足足有 6 英尺长，蛇纹非常华丽。它摇摆着它的白肚皮，把头从祭祀者的口中伸出来，祭祀者用两只手又把它放了回去，它随后又把自己放出来，祭祀者再一次把蛇放进嘴里，试图去控制它。之后他一边沿着圆圈走路，一边把那条美丽的蛇绕着他的膝盖围了两圈。他静静地弯下腰，以最快的速度放开了那条蛇，就像解开鞋带一样。然而，这个年长的祭祀者一直下意识地用羽毛轻抚年轻祭祀者的双肩。在整个演出过程中，蛇也一直保持着一种奇怪的温柔、天真、好奇，多数时候它都是愿意和人类和睦相处的。这当然才是祭神的目的。祭神的青年表情一直是沉稳和简单的，就像他和蛇都坦然面对对方并融为一体一样。这两个年轻的捕蛇者是最兴奋的舞者了，其中一位尤其有着演员的架势，非常惹人注目。但是年长的祭祀者们沉浸在宗教的专注中，就像来自另外一个世界的符咒一样。

年轻的小伙子开始表演他的牛蛇了。那条蛇想回到基瓦会堂去。捕蛇者温柔地把它放在前面。一会儿它就爬向观众，在离观众十分近的时候又被抓住甩到了空中。之后这条蛇就被递到观众席中第一排坐着的一个老人手中，而他就是蛇族人中的老霍皮人。

蛇被一条接一条地抓进这个圆圈中，它们被年轻的祭祀者或者其他人卷在脖子上，放入口中，慢慢地缠绕和摇摆，那小小的、精致的蛇头抬着，好奇地在听着什么。也有一些非常大型的响尾蛇，非同寻常的大，有两三条漂亮的牛蛇，一些游蛇和鞭尾蛇。在口中迂回之后，所有的蛇都出动了，并被年轻的祭祀者们用蛇棒抓住，送到观众席中的蛇族人手中，他们抓着蛇就像人们抓住小猫一样。大多数蛇都被递到坐在前排的羚羊祭祀者手中，他们都背对着基瓦会堂的树枝。直到这些脏兮兮的人们手持大量的蛇，挂在他们的手臂上，就好像洗完滴水的衣服一样。好多蛇互相缠绕着，把白白的肚皮袒露在外。

不过多数的蛇都很老实和温顺。温顺的，也可以说是可爱的，因此人们会被它们干净的、瘦长的外表所打动，它们非常漂亮，就像轻柔的、寂静的闪电一样。这些蛇都非常干净，因为它们已经被清洗并且涂上了圣油，由祭祀者们来对它们进行祭礼净化，而白天的时候它们被安置在基瓦会堂里。

最后所有的蛇头都被循环着放入祭祀者口中，它们也会偶尔逃脱祭祀者直奔着观众而去，不过结果还是被祭祀者抓回来。现在霍皮人和纳瓦霍人的印第安警察开始驱散坐在广场上的五六排观众。马上就要把蛇放出来了，我们必须先把观众都驱散走。

我们都退到了广场的最远端。在那儿有两个霍皮妇女在沙地上撒着白色的玉米粉。与此同时，那边走过来两个捕蛇者，手臂上挂满了响尾蛇。还没等我们反应过来，这些蛇已经全部盘绕着并在这白色的玉米粉上扭动着，离我们也就几码的距离。突然，在它们互相扭动着摆脱缠绕时，这两个年轻的祭祀者轻轻地、温柔地将它们抓起放在手臂上，并快速跑出了广场。

我们充满好奇地在后面慢慢跟随，一直到了平顶山的西边或者说是西北边。那儿的平顶山山势很险峻，一条小径蜿蜒下来直到广袤的沙漠中，这一切都被浓浓的夜色笼罩着。平顶山的顶端有一片突出的磨蚀性岩石景色，还能看到更远的平顶山以及远方陡峭的山川：亚利桑那州这片伟大的、岩石嶙峋的地方陷入夜色中。

走下小径，那两个年轻人的身影小小的、黑黑的，裸露着，他们的手臂握得很紧，悄声地跑到中空的那一层，越跑越远，穿过了中空地带到达另一面光秃秃的岩石上。他们速度很快，身影小而坚定，越跑越远。最后只留下两个黑黑的人影。神啊！

他们消失了，那身影还没有石头大，影子消失在岩石之后。据说，他们已经走了，在一个叫作蛇的圣殿的地方把它们放下，让它们自由地走掉，让它们带着这些讯息和谢意到能够给予和保留的龙王那儿去。带着人们的精神、人们的气味、人们的祈祷、人们的态度以及人们的命令，通过那些年长的智者用羽毛祈祷棒在年轻且能够忍受蛇的人肩上轻抚，到达广阔的、朦胧的还没有被开发的地区，在那里雨神和风神交替着发慈悲和发脾气；带着人类的祭祀者和意志力到风穴当中，并深入雨水源头的章鱼心脏中。把妇女们抛洒的玉米粉带回地球中心恐怖可怕的黑色太阳中去，那里能够给予我们近似于地球上的谷物，能够给我们食物和死亡，依据我们强烈的渴求，我们敏感意愿的力量和我们的努力。

这是一场战役，一直以来它都是一种较量。太阳神，这个无名的太阳神，万物之源，我们之所以称之为太阳是因为其他的词语都太可怕了，这个巨大的黑暗原生质太阳给我们提供生活所需，这个所谓的"源"一直都处在愿意和不愿意之间。心脏的收缩和舒张都代表了它的情愿和不情愿，人类不仅要活着，还要向前进，自始至终，一代又一代，循环往复。然而，人类，又小又脆弱的人类，作为探险者，到达第一批太阳黑暗中心的最远处后，又进入创造的宇宙中。人类，最后一种神，战胜了一切留了下来。然而一直以来，他既是一成不变的又是危机重重的，而所有这些都源于"源"，即最深处的太阳神。一直以来，他必须服从，服从"源"那奇怪的慈悲，尽管发慈悲的方式无从可知；征服"源"那奇怪的恶意，尽管那恶意难以理解。

给予我们生命力的伟大的神，一直以来，不管愿意与否，都让我们生存着。因此，只有英雄豪杰能够从大宇宙奇怪的洞穴里一点一点地救助人类。

渺小的人类意识和意愿都必须服从人类的伟大原动力，并将它们征服。它们被人类征服实际上也是克服它们自身的恐惧，蛇必须带着它们亲切的、有需求的和有能力的消息回到自己的地盘去。它们回去犹如爱的一丝光芒照亮第一个太阳黑暗的心。但是它们的返程又像人类智慧和勇气的箭矢，干净漂亮地射在最老的、顽固的地核上。在第一个太阳的核心里，人类把自己的活力和虚构的毒药描绘成和响尾蛇一样苦。这个中毒之人必须能够克服困难，并成为事情的主导者。因为穿梭的光线来自第一个太阳，它能够使人类变得更加强壮和快乐，并且神能够合理安排已知的和未知的事情。光线一闪就从地球上划过，就像大蛇一样，虽然不加装饰但是充满活力。但是每一条光线都不小心地、无礼地、粗俗地充满毒药。在原始人的道德观念中，警觉和谨慎是排在第一位的美德。他的警觉性一直反复，从最黑暗的源头出发到达最光明的圣殿。

这些粗鲁又哗众取宠的举动，主要源于人群渴望刺激。在会涂油又灵巧的蛇祭祀者（所谓的）面前，观众不由得要停下来对其与蛇相处的种种勇气表达敬意。

传说霍皮人有专治蛇咬的秘方。当被蛇咬了之后，老女人们会给一个使人呕吐的饮品，跳完舞之后，他们必须趴在悬崖边上使劲地呕吐。我却从来没见过这个。这两个蛇人跑到下面的阴影里又迅速地跑了上来，全程一直是奔跑的状态，驶离了一个切面之后又再一次地跑上了平顶山，但是没有穿越那个深邃的、不可逾越的裂缝。当我们看到他们达到和我们一样的高度时，我们看到他们穿越了裂缝并在一个水池里面洗澡，他们裸露着棕色的皮肤，洗去身上的油漆，涂抹了药和一身狂喜后，回归到日常生活并开始吃东西。据说他们已经有两天没有吃过任何东西了。连续9天和神秘的蛇在一起时，他们也在一定程度上禁着食。

和印第安人已经生活了好多年的人们称他们并不相信霍皮人有什么秘密疗法。据说，有的时候祭祀者也因被蛇咬而死亡。响尾蛇的毒素是慢慢释放的。伴随着每一次的进攻，响尾蛇都会失去部分毒素，直到它进攻很多次的时候，它便已经没有什么毒素再毒死一个人了。没有充足的毒素，甚至连毒死人一半的毒素都没有了。但它们冬眠苏醒时，腺体一定充满着毒素，可以彻底毒死一个人。即使那样，它们也很可能只攻击了一些动脉周围的地方。

因此，在基瓦会堂的9天里，当给蛇做祭礼和洗澡时，它们可能会通过攻击一些没有生命的物体来释放毒素。当然，在祭祀者的努力下，蛇的情绪很稳定，经过几个世纪的经验，他们已经知道如何管理这些蛇了。

我们在尼罗河上筑坝，坐火车穿越了美国。霍皮人抚慰着响尾蛇，然后把蛇头放入口中，为的是将它们遣返回地球的黑暗地区，一个内在潜能的使者。

任何人都有自己的成就、胜利以及战利品。对于霍皮人来说，起源是黑暗的，也是双重的，所有事情的开头都逃不出粗俗，经过了一圈又一圈的轮回，朝着忽隐忽现的上帝兴起了创造。而人类是到目前为止上帝在整个地球上创造的不太完整的生物。

不管是对于我们还是对于祖先来讲，上帝都开了一个好头，而人类却开启了一趟无意识的旅程，进入了一个创造性的、注定的世界当中，这种旅程是一种无意识的成就，一种想回归到开始时完美上帝的渴望。

对于我们来说，神只是个开始，天堂和黄金时代已经丢失太久了，我们所能做的就是把它们赢回来。

对于霍皮人来说，不光神，就连黄金时代都离得太久远了。远远在神所在的宇宙洞穴之外，我们所牵强附会的仅仅是我们存在的开始，和我们神的基础。

在这两个观点之间存在着他们共同否定的分歧。但是我们的观点是最能够迅速解决问题的方法，因此就现在来说我们是征服者。

美国土著居民有着彻底的、与生俱来的宗教信仰，包括他们生活的结构都是有信仰的。但是他们的信仰是万有灵论的，他们的起源是黑暗的和客观的，他们与神灵之间的矛盾虽然很缓慢却是持续的。对于定居的普韦布洛印第安人、游荡的纳瓦霍人、古老的玛雅人和重生的阿兹特克人来说，这是真的。他们每时每刻都存在于他们古老的、奋斗的信仰中。直到他们在我们得意扬扬的成功后习惯了绝望。这就是正在迅速发生的。年轻的印第安人因为上了好多年的学而丢失了他们的信仰，变得不满足、易烦躁和没有根基。然而一个有着自己信仰的印第安人是不会烦躁的。神秘的涌动无论在何时都是强烈的，非常强烈，甚至是人类把自己安排到一个环境中去都是无意识的。这注定了失败。因此，为了人类的上帝，他在伟大的宗教斗争中因为后退而失败。人性化的主制定了一个无意识的宇宙，给予他的孩子们胜利，一个完全无意识的成功。

舞会结束后，纳瓦霍人开始沿着西边的小径伴随着月光下山。他们的女人们穿着天鹅绒的紧身上衣，厚厚的裙子，胸前挂着一动就叮叮响的银色和蓝绿色装饰，坐回了马背上，而后奔下了陡峭的坡路，她们好奇地环顾着四周，脸上洋溢着喜悦，脸颊有些宽大，带点儿游牧民和蒙古人的特征。男人们穿着长长的、薄的低腰裤，高高的帽子压着眉毛，屁股上挂着银色的凹进去的皮带，到了泉水边的时候他们的马儿就过去饮水。我们觉得他们看起来很野蛮，但是他们有着久远的宗教信仰和万有灵论的视角，在他们眼中看不到我们所看到的，他们也不能接受我们。他们盯着我们的样子就像土狼一样：我们之间存在着共同否定的分歧。

因此他们默默地成群结队地，成双地或单独地隐入月光中，进入了美国土著居民自己封闭保守的世界。而美国白人匆忙回到自己的车中，空气中很快便弥漫着发动机启动的声音，嗡嗡嗡嗡，像响尾蛇最响的嗡嗡声一样。

柠檬树下的月光

"众神，他控制着狭小的世界，

像伟人一样……"

月色皎洁，连葡萄树都有了树影，月光下的地中海波光粼粼。海岸上，老房子的灯光静静地闪烁着，海岬墙那边移动着的灯一闪一闪的。这天是节日，是圣凯瑟琳日，男人们围着一个小桌子团团坐下，桌子下面摆着葡萄酒和味美思酒。

那么农场，新墨西哥州的小农场又是怎么一番景象呢？对于那里来说时间是不同的：但是我也向圣凯瑟琳举杯敬酒，如此我就不用去猜想了。我想那里的月亮应该也在东南方，在圣菲之上，在那些山弯曲处的那一边。

意大利人说，是的，我就是我！听起来比本身更简单。

因为我就是我，毕竟我已经向圣凯瑟琳敬过酒了，月光洒满整个海面，在地中海上，月亮迅速控制着我的想法，能清晰地听到告别的声音：因此，先生！重新再来！——需要向西南方追随月亮的轨迹，一直到伟大的西南产区，也就是农场的位置。

他们说：真理存活于生活中。呸！他们说得太多了！但是在圣凯瑟琳的酒中，我的小农场和三匹马都在森林中。一旦下雪了，马儿们就跑得无影无踪，但确实是下雪了，月光洒满长满苜蓿的山坡，在松树中间，小木屋都看不见了，那里没有人。万籁寂静。房子前面只有一棵高大的松树，屹立在那儿，漫不经心地，存活着。

或许当我受伤的时候，我的思乡之情是房前的那棵树，那树荫浓密得让人一眼望不透。在树干上挂着各式各样的、不一般齐的铁物件。离我们是如此近。当人们出门的时候，那棵树就在那里，像保护神一样。

那里有树干、长长的工作桌，还有栅栏！每当夜幕降临，向天望去，月色不仅洒向我，还洒向陶斯，陶斯的牧场或其他更远处。在这儿，诺利的城堡在西边的地平线上。在那儿，必定下了雪，因为甚至连这里都刮着冷风。那里下了雪，接近满月的月亮就像山上的狼人一样，冉冉升起，照亮了狼的生活，而在这里是永远不可能照亮的。那里，苜蓿田脚下，有郁郁葱葱的灰白色松树林，夜里，沙漠的地平线上，雪色闪着微光，在陶斯的农庄里，闪烁着人类之光的红点。

在那之上你会看见他们，即使你看不到他们，你也能看到绵延的山峰和一轮明月。

匆忙进屋，向火堆里面续柴火。

人也并不如此。我们会听到乔瓦尼族人从下面喊晚安！他正在跑到村里去找寻符咒。去巴多，圣洛伦索先生！晚安！

地中海在远方低吟着，那声音犹如在贝壳中一般。寂静的夜色中有人在吹着口哨。我们能看到大松树的树干，就像站岗的人一样，星星低低地挂在山上，非常闪亮，就像是有人摇摆着电灯一样。

你会看到春天

菲奥丽娜·曼多利尼——

　　啊，好吧，就当它是味美思酒，因为柠檬和肉桂上没有月光。假设我叫它为乔瓦尼族，并告诉他我想要：

　　　　"小月亮，肉桂和柠檬……"

第二部分

爱尔兰行记

[德]海因里希·伯尔 著

王密卿 徐 征 译

译者序

海因里希·伯尔这个名字对于国内的读者来说，可能有些陌生，但是当你翻看《爱尔兰行记》时，一个深沉的思想者便出现在你面前了。

伯尔，1917 年生于科隆一个雕刻匠的家庭；1939 年入科隆大学学习日耳曼文学；不久即应召入伍，随军到过法国、波兰、罗马尼亚等国，直至第二次世界大战结束。在伯尔的军旅生涯中，他曾负过伤，当过战俘，这一段不寻常的经历成为他日后创作的土壤。其独特的创作风格和作品的文学价值，使伯尔在 1972 年获得了诺贝尔文学奖。

在早年丰富的人生阅历中，伯尔积淀了许多思考——对战争、对历史、对人生。爱尔兰这个神秘的国度，对于伯尔来说，既是一个心灵休憩的港湾，又是一个思想遨游的天堂。在爱尔兰度假和写作期间，伯尔游览了许多地方，他在名胜古迹间驻足，在小巷深处留下了流连的脚印。这让他深入了解了爱尔兰人民的生活，也让他思绪万千。

因此，在《爱尔兰行记》中，伯尔不仅记录了他在爱尔兰各地所体验的风土人情，更将思考融入字里行间，向读者展示了一座爱尔兰的雕像，这其中有随笔勾勒的轮廓，也有精心雕琢的细节。细心的读者会发现，这部作品不仅是爱尔兰的风情图，更是作者的随想录，二者相得益彰，使读者充分体会到伯尔信马由缰的思维魅力。这也是为何我们将本书的中文书名译为"行记"——一部且行且记录的思想随笔。

　　《爱尔兰行记》是伯尔最受欢迎、最有影响力的作品之一。问世之后，有二十多家报刊进行了评介。《莱茵信使报》评价道："伯尔的散文的魅力在于它的轻松快意，但这轻松快意又是一潭深水那动人的泡沫泛起的表面。爱尔兰世界溶解于充满作家想象力的字里行间，人们不知道哪里是诗意，哪里是真实，两者相互交融。"《爱尔兰行记》在多个国家书坛引起了轰动，也为伯尔赢得了广泛的赞誉。

　　在此，译者需要说明的是，伯尔天马行空的思想和独特的创作风格，增加了翻译工作的难度。由于《爱尔兰行记》为德语写作，而本书是由英译本翻译而来，难免在转译过程中存在误差。译者在翻译过程中，尽力将作者创作时最真实的想法、最原始的情感传达给读者。因此，译者在不影响读者理解的前提下，刻意保持了原文的句子结构和标点使用，竭尽所能做到忠实于原著，力求为读者还原伯尔信马由缰的思想世界。

王密卿　徐征

2016 年 8 月

英文版序

当海因里希·伯尔在20世纪50年代第一次来到爱尔兰时，这个国家还在沉睡之中。他描述了在夜里乘游轮来到爱尔兰的历程：他看到了带着安全别针的天主教神父、返乡的移民，无尽的饮茶和轻言细语的谈话。清晨，他踏上了这片时间无法测量的爱尔兰土地，来到了一个语言和时间并不能反映实际情况，而只不过是猜测而已的地方。这是一片"远离中心"的土地，在这里，财产和财富仍然还是上帝的意志，人们还没有从宗教信仰的深沉咒语中解脱出来。

"这个德国作家走进了一片永恒的景象中，"乔伊斯（James Joyce）①这样写道："尝试着从欧洲历史的噩梦中苏醒过来。"爱尔兰从来没有被拖进过第二次世界大战的泥潭中。同样，它也没有被二战结束后欧洲物质至上的思想所污染。这里的儿童是自然的，这里的人们依靠幽默感生存，希望通过说"其实还可以更糟"来减弱自己的不幸。

爱尔兰是个避难所，是一个停留在伟大历史时刻的伟大国家，它"跨越了一个半世纪，而后却又在进入现代化之前静止了五个世纪"。作家在这个欧洲边缘的国度找到了慰藉，而后将本书这张美丽的文学贺卡寄回了家乡。

我还记得这本行记第一次出现的情景。那是在我都柏林的家旁边的邮

---

① James Joyce（1882—1941），爱尔兰著名作家、诗人。

局里，书是德文版的，是我在索尔斯堡的姨妈寄来的，收件人是我的德裔母亲，这是对她自己搬来爱尔兰的肯定。像伯尔一样，她来自莱茵。当她读着伯尔那短小精悍的爱尔兰速写时，就像翻阅着自己对爱尔兰的第一印象，这在德国叫作"她在借他的嘴发言"。

我还是在孩童时读过这本书，它让我在自己的祖国当了一次游客。我在爱尔兰长大，但是作者作为观察者那熟悉的语气让我感到自己也是个游人，是从别处来的。我对爱尔兰和爱尔兰人的印象在经度上向东移了几度，就像那个从比爱尔兰早天黑一两个小时的欧洲大陆来的人一样。

事实上，我已经继承了这本书。作者的惊讶和不解伴随着我长大，我能理解他的天真、他那有限的知识、他那全方位的热情以及他对爱尔兰那深深的一见钟情，也许我也继承了伯尔那对一切都感到陌生的简单情感。

海因里希·伯尔是个有格调的游人，他不断找寻和比较着不同点。他在都柏林市区里闲逛，听着所有人不断地说"对不起"，就像是传统的爱尔兰问候语似的。银行还没开门，没法去换钱，他还是搭上了去韦斯特波特（Westport）① 的火车，欠票去的。铁路员工甚至提前电报通知了所有人他欠票的消息。

他来到了阿基尔岛（Achill）②，在当地的地貌中找到了一种野性的美——恬静、别样的天气，狂啸的大海，时而出现的人们以及让人们望到眼睛发痛的空旷。"……这里的美景让人痛苦，在晴朗的天空下你能看到二三十英里外的景色，这之间都没有人类定居点的踪影，只有那不真实的一座座蔚蓝色小岛……"

在本书的开头儿有一则声明，这则声明一直萦绕在我耳边："我写下

① 爱尔兰梅奥郡的城市。
② 爱尔兰西海岸一座多山岛屿，有桥横跨阿基尔海峡与爱尔兰本土相连。

的这个爱尔兰是真实存在的，但是如果去到那里没能找到它的游客，可不要让作者负责。"

对读者来说，新鲜的是作者告诫我们不要把本书的每句话当真。他从不声明本书的真实性。他只是从自己的角度记录着眼前的一切。就像一个现代派画家。像杰克·叶芝（Jack Yeats）①，或者是马蒂斯（Henri Matisse）②，他相信我们能够欣赏他画下的乖张色彩，但也不要指望再次在现实生活中找到它们。他很清楚光线在爱尔兰是多么不可捉摸。

当然人们还是在说着"对不起"，人们依旧依靠着幽默感和想象力过活。但是他不希望读者真的去阿基尔岛上的医生家敲门，来亲眼看看医生的妻子是不是真的把指甲涂成了那辆跟着她丈夫在地图上飞奔的汽车的颜色。或者亲自问问医生，看他是不是真的为世界上最美丽的双脚出过诊，他在暴风雨之夜带回家的那个铜锅是不是真的是出诊费。

我们这些读者又如何能够回到那个时刻，找到那种诗意般感觉呢？那个50岁的男人离开房子，向山丘上走去，却一步一步地变得年轻起来，直到他消失之前，又变成了那个曾经的小男孩。

当然他也不想让读者去寻找阿基尔的那个邮局女孩，来看看她是不是真的有着费雯·丽（Vivien Leigh）③那样的双眸。其实，我是真的见过那个女子的，她真的有着那双蓝绿色的眼睛，让人觉得自己身处一部电影中似的。她的孩子们也是，不过我还没有见过费雯·丽。

本书中的爱尔兰是的确存在的，但是它只存在于我们的记忆中，我就可以作为第一证人。我曾经在20世纪50年代的爱尔兰街道上跑来跑去，穿着德国皮裤和爱尔兰上衣，一半德国裔一半爱尔兰裔，所以这本书就像

---

① Jack Yeats，爱尔兰著名诗人威廉·巴勒特·叶芝的胞弟，著名艺术家。
② Henri Matisse（1869—1954），法国著名画家，野兽派的创始人和代表。
③ Vivien Leigh（1913—1967），英国著名电影演员，电影《乱世佳人》女主角。

我的记忆一样。可是，我们的记忆总是追击着我们，充满了空白和当时不可预见的渴望以及失落。它是栩栩如生的，充满了直觉，既亲近又特别，极其不可验证。

让作者感兴趣的是爱尔兰生活的随意性、运气、矛盾和等待。整个国家似乎都在等待着什么东西。在面临着大西洋的电影院里，观众们聚集在一起，吸着烟，聊着天，相互传递着甜品和笑话，等待着神父们的到来，好让电影赶快开始。

他忠实记录了爱尔兰教堂对国家的影响力，也目睹了赌博和酗酒。但是他并不是一个社会学家或者是社会工作者。他自己的国家有足够的麻烦了，所以他更像是一个消极的观察者，他自己的悔过感和这个国家的气质是一致的。他把这个国家的移民问题写得准确无比，比如公交车司机会等待着人们落下最后的眼泪，说完离别的赠言，才会踩下油门，驾车向着不知有多远的远方驶去。

他记录了阿基尔的"九月儿童"，那些在移民国家欢度圣诞节期间被创造、在移民远离家乡的晚夏出生的孩子们，他等待过这样一个孩子的出生，同时也主动替孩子的母亲代言了。

"离开这里，诺拉·麦克纳马拉前往纽约在伍尔沃斯大厦卖尼龙，约翰在都柏林当上了老师，汤米去罗马当教士，布里吉得结婚后去了伦敦。只有玛丽还守着这个绝望的、孤独的地方，四年来，每个九月，都会生下一个孩子。"

为什么伯尔会说这个地方孤独呢？他凭什么认为这个地方令人绝望呢？难道作为一个过客，他不应该没有这种感觉吗？其实伴随着这些文字的是作者对打开自己心扉的渴望。这是一种德国人没有的孤独感，一种无言的放逐，在爱尔兰这个地方激起了一声心灵的回响。

　　阿基尔的人们觉得伯尔是个友好的人，很会讲故事，而且就像当地人一样爱抽烟。但是，在那顶让他看起来像个爱尔兰革命军，或者像个神父的著名的黑色贝雷帽下面，是一个失落的人，他的表情里有一种悲伤的感觉，当地人这样告诉我。

　　所以，就像那些在读过这本书后到这个国家来寻找书中的爱尔兰的其他德国人一样，伯尔来这里是找寻自我的。那种破碎的家的感觉，是爱尔兰人会修复的，这种情感上的天真，你可以这么说，在欧洲已经消失了。对于刚刚经历过纳粹的德国人来说，拥有一种存在于土地和人民之间的并不复杂的情感并不是一件容易的事。

　　作者的祖国刚刚经历过第三帝国瓦解后的道德毁灭，正在经历着战后经济奇迹的新风光。作者的爱尔兰之行是一次自我探索。他所表达的既是发现也是失落，他在为自己无家可归的感觉和德国语言的残骸寻找避难所。这本书曾经被称作"一本隐藏的关于德国的书"。不难看出，对于重新塑造德国灵感的过程来说，在欧洲的西部存在着这样一个依然能够提供幻想、色彩、诗意和转移那些没能被解释被宣泄的感情的地方是多么的重要。

　　站在杜戈特那些被遗弃的村庄中，他忍不住回想起了科隆，自己那被战火蹂躏的家乡。在酒吧的那些谈话中，他成为爱尔兰人那种奇特的热情好客行为的非自愿接受者。有人对他说，"希特勒并不是那么坏啊"，他对此无法释怀，他一定要把这颗坏牙拔掉，即便他所讲的这节课对他和同胞来说更合适。

　　对伯尔来说，爱尔兰还有一些乌托邦的感觉。就像是一个过去的孩子一样，微笑着向我们打招呼，让我们看起来是如此的成熟，如此的有知识。他对避孕措施的评价是和当时的时代一致的，却又和"九月儿童"的母亲们的行为如此不一致。他对社会问题的沉默又那么不像他自己。当然，我们现在对这些问题的回视是纠结于层层的判断和启示之中的。我们能看到当时的黑暗，我们现在是多么优越而自由啊，却又如此不确定。

虽然这本书已经成为德国旅行者的宝典，但是爱尔兰人看起来不是那么在乎。也许我们被外来的观点所冒犯了，也许我们不喜欢被当作一直不进步的民族。我们现在也已经进步了，正在回顾着自己国家的过去，也许这本书会被证明是一本隐藏的关于爱尔兰的书呢。因为这本书向我们展示了一个真实的过去，告诉我们，我们曾经是谁，我们成了谁，我们丢失了什么，我们想保存什么。

会不会这位游客被爱尔兰所改变了呢，会不会伯尔被爱尔兰所吸引，以至于他带回德国的愿望是无法实现的，对我们所有人来说都是。你能拿纪念品、贝壳和彩色水面上泛着的点点光彩的月光怎么样呢？也许是爱尔兰对话中的那种轻松，那种毫不费劲的自我戏剧化改变了他。

在全球化的前夜，伯尔遭遇了爱尔兰，这也点燃了他的想象力。也许是爱尔兰给了他虚幻的信心，也许是我们让这位日后的诺贝尔奖获得者成为一个圣战骑士；成为一个关注政治的狂热化形象、一个道德主义者；成为一个在思想的战场上战斗，即使赢家也付出了代价的战士。

他对德国的那些告诫也会最终发生在爱尔兰。他太有礼貌了，以至于他不肯当面告诫我们。他一定是认为爱尔兰应该在那些让人难过的历史和大西洋的水分都在我们的土地上倾盆而下之后歇一口气。他爱我们的原因并不是因为我们好笑、贫穷而又不准时，他爱我们是因为他在爱尔兰身上看到了一些德国曾经有过的东西。

伯尔在这本行记里写下的是永恒。也许这不过是一列载满了珍贵物品的火车，也许这是他在爱尔兰搜集灵感期间对这片土地和无法忘怀的人们的故事的一种情感回应。

但是这个爱尔兰是存在的。那个邮局姑娘还生活在阿基尔，那个医生的诊所现在由他的儿子继承。每年五月的第一个周末，当地人会为伯尔举行由一位"九月儿童"所创立的文学节。杜基尼拉的狗还在叫着，雨还一直在下，悬崖的故事还在上演。那间这位年轻的德国作家居住过并且写下了这些印象的客房还在那里。一间单层的白色房屋，就在阿基尔的海边，现在由那位邮局姑娘的姐姐经营着。就在那里，他平躺着，清醒地听着海浪的声音，第二天清晨，他感谢上帝那不是一颗原子弹的爆炸声，也是在那里，他和他的天主教大家庭开始了那漫长的旅程。

有时，风暴会用它那巨大的力量掀起那些细沙，把它们掀过屋顶。人们不得不把过道上、屋顶上和下水道里的细沙清理掉，不然那里肯定会被沙子所覆盖了。

雨果·汉密尔顿（Hugo Hamilton）[1]

2011 年于都柏林

---

[1] 雨果·汉密尔顿（Hugo Hamilton），本书英文版序作者，爱尔兰作家。

第一章

抵达（一）

　　从我登上蒸汽船的那刻起，我马上就能看见、听见、闻见，我来到了另一个领地。我游历过英国温柔美丽的一面，也就是肯特郡（Kent）①，那里几乎像世外桃源一般，但是伦敦这个地理学上的奇迹和我只有一面之缘。那之后，我又到过英国阴郁的一面——利物浦。但是英国之行，如今就在这邮轮上结束了。现在我已经能够闻到泥煤的味道，不管是甲板上还是酒吧里，到处都是喉音很重的凯尔特②口音。欧洲社会秩序已然在这里转化成了新的形式：贫穷，这件事在这里已"并非不光彩"了，它"既不光荣也不羞耻"。贫穷作为一种社会自我意识的元素和财富一样不重要。人们裤腿上的裤线不再那么笔直了，安全别针这种古老的凯尔特民族的标志物出现在这里又是顺理成章的了。所有曾经由裁缝缝上了个活像句号般的纽扣的地方，都会被换成像逗号一样的安全别针。这是出席非正式场合的标志物，这种别针会让衣物产生褶痕，这与纽扣正好相反。别针的其他作用是固定商品价签，或者用来延伸背带裤的背带，抑或用来充当袖扣。甚至，它还被当作"武器"，被一个男孩用来扎进一个成年男子的裤子里：

---

①　英格兰的一个郡，位于伦敦东南。
②　古日耳曼民族，现今爱尔兰和苏格兰人的祖先。

小男孩很是吃惊，被吓了一跳，只是因为那个成年男子根本没有反应。小男孩轻轻地用手指捅了捅他，想看看他是不是还活着。当然他还活着，而且还笑着拍了一下小男孩的肩膀。

商店零售窗前排的队伍长了起来，商店正在出售物美价廉的西欧宝物——茶叶。这些爱尔兰人好像要竭力刷新他们击败英国所创下的茶叶消耗量世界纪录。每个爱尔兰人每年都要消费至少 10 磅茶叶，随便哪个爱尔兰人，每年都会有整整一小泳池的茶液流下喉咙。

我站在这个长长的队伍中，慢慢地向前移动着。这期间我得以回想一下还有哪些属于爱尔兰的世界纪录：这个岛国不仅是世界茶叶消耗纪录的保持者，还是新神父增加人数的第一名（科隆大主教区每年新增上千名神父，但这只能够和爱尔兰的一个小教区媲美）；属于爱尔兰的第三项世界纪录是电影的观看人数（又将击败英国，这两个国家是多么相似而又不同啊）；最后一项，也就是第四项纪录，意义重大，我不能肯定它和前三项纪录之间有什么关系。爱尔兰的自杀人数是世界上最少的。当然，威士忌消费和吸烟的世界纪录尚未被官方确认过。不过，在这两项上，这个面积只和巴伐利亚一样大，人口却仅介于爱森（Essen）和多特蒙德（Dortmund）① 之间的小国无疑是大幅领先的。

午夜到了，我喝了一杯茶，邮轮缓慢地驶入无限开阔的大海，站在西风里的我冻得发抖，接着我又在楼上酒吧里喝了一杯威士忌，酒吧里回荡着喉音很重的凯尔特口音，但是这次只剩下一个爱尔兰人的声音。酒吧外屋里坐着的修女们就像大鸟一样，紧紧缩在头巾和长长的圣袍下取暖，满心希望就此睡去了。但是她们手里都还是迟迟放不下一长串念珠，就像小

---

① 德国西部的两个城市。

船离港时，人们握在手中的一条条缆绳。一个抱着婴儿的年轻人站在吧台前面，试图叫第五杯啤酒，但是被酒保拒绝了。酒保还拿走了他旁边牵着一个两岁左右小女孩的妻子的酒杯，再也不给她啤酒了。慢慢地，酒吧里没有人了，也没有了喉音很重的凯尔特口音，只剩下修女们还在美梦中缓缓地点头。一个修女没能握好她手上的念珠，一颗颗珠子随着邮轮行进的缓慢节奏在地板上来回滚动了起来。酒吧里的那对夫妻把孩子们拢在怀里，慢慢经过我，向着由行李箱和包袱堆成的"城堡"走去，"城堡"里，这对夫妻的另外两个孩子正靠着祖母的双肩熟睡，祖母那黑色的围巾是他们仅有的温暖。这对夫妻将那个小男孩和他两岁左右的姐姐放进了一只洗衣篮里，然后盖上了铺盖，他们两个则轻轻地爬到两个行李箱之间的地方相互依偎着，男子那看起来苍白的手扯来一件雨披，似乎想用它做一顶帐篷。万物都安静下来了，只剩下行李箱上的锁还在随着邮轮的摇摆低吟。

因为我忘记给自己找个地方度过漫漫长夜，所以如今只能大步迈过人们的腿和包裹、箱子什么的。我只能看到几根残烟在黑夜中闪闪发光，还听到一段小声地对话："康尼马拉（Connemara）① ……可惜啊……伦敦的女服务员。"我勉强进入了救生船和救生圈之间的小空隙里。但是西风还是不断吹着，天气十分阴冷。我只好站起来，在移民比归乡者还多的这艘船上转悠着。到处是人们的腿和烟头，一段段轻言细语不断浮现，直到一位神父拉了拉我的衣角，用微笑来邀请我坐在他旁边。我躺下，想要睡觉了，而这时神父右边的一个灰绿相间的睡毯下发出了清晰但很温柔的声音："不，神父，不，说起爱尔兰让我太难过了，每年我都要回到家乡，

---

① 爱尔兰西部的一个地区，风景秀丽。

祖母还健在。您听说过戈尔韦郡（County Galway）① 吗？"

"没有。"神父咕哝了一声。

"那康尼马拉呢？"

"也没有。"

"您应该去看看，回来时还可以到都柏林港看看从爱尔兰出口的都是些什么，儿童、神父、修女、饼干、威士忌、马、啤酒和狗什么的。"

"孩子，"神父小声说，"你怎么能把这些相提并论呢？"

睡毯下点燃了一根火柴，就这短短的几秒钟足够让我看到一个清楚的轮廓。

"我不相信上帝，"这声音又说，"既然我不信上帝，那我为什么不能把神父和威士忌、修女和饼干相提并论呢？我还不相信胡里汉的女儿（Kathleen ni Houliban）② 呢，我不相信那个童话里的爱尔兰，我在伦敦做过两年女服务员，什么样轻浮的女人都见过，哼……"

"我的孩子。"神父轻轻地说。

"那些轻浮的女子，都是被胡里汉的女儿出口到伦敦的。还什么圣人之岛（the isle of the saints）③！"

"我的孩子。"

"'我的孩子'，老家的神父也是这样称呼我的，每个星期天，他只能骑自行车大老远跑来给我们做弥撒。可就连他也不能阻止胡里汉的女儿宝贵的货物，那可是他的骨肉们。您一定要去康尼马拉，神父，我打赌您从来没见过风景那么美丽却只有那么少人的地方。您去我们那儿做一次弥撒

---

① 爱尔兰西部的一个城市。
② 古凯尔特语中爱尔兰的别称。
③ 即爱尔兰。

吧，要真是那样的话，星期天，您还能看到我诚心跪拜在教堂里的身影呢。"

"你不是不信上帝吗？"

"那倒是，不过您想想，我会那么残忍，让我父母难过吗？'女儿们都是虔诚的教徒啊，多么虔诚啊。'我回到家乡后，祖母会吻我，还会祝福说：'要一直这么虔诚啊，我亲爱的孩子！'您可要知道我祖母有几个孙子女。"

"我的孩子，我的孩子啊。"神父只好继续轻声说。

点燃的烟头又突兀地亮了，几秒钟里，我又看到了那清晰的轮廓。

"祖母有36个孙子女，36个啊，过去是38个，但有一个在英国保卫战之中飞机被德军击落了，还有一个和一艘英国潜水艇一起被击沉了，现在还剩下36个。20个还留在爱尔兰，剩下的嘛……"

"有的国家，"神父说，"他们出口的，只有清洁用品、自杀的想法，还有核武器、冲锋枪、汽车……"

"这我知道，"这个轻柔而又女孩子气的声音说，"我都知道，我就有一个哥哥是神父，我的两个表兄也是神父，家里只有他们才有汽车。"

"我的孩子。"

"我有些倦了，晚安，神父，晚安了。"

她将残余的香烟丢下了甲板，灰绿相间的毯子包裹住了姑娘那轻薄的肩膀。神父还在不停地摇头，可能这是因为邮轮行驶的节奏吧。

"我的孩子。"他轻轻地叫了一句，无人应答。

他叹着气躺下去了，他的衣领被立了起来，已经被卷起来的衣袖上别了四根安全别针，以备不时之需，四根安全别针巧妙地穿过了第五根，也正跟着邮轮的节奏摆动着。船在灰蒙蒙的夜色中向"圣人之岛"一路驶去。

第二章

抵达（二）

黎明时分我喝了一杯茶，仍然不见阳光，站在西风里的我冻得直打哆嗦。这座"圣人之岛"还藏在前方的雾霾里，在前面的这座岛屿上，住着欧洲仅有的一个从没有侵略过谁却屡次遭受侵略的民族，丹麦人、诺曼人和英国人都曾侵略过它。爱尔兰派出过的只有神父们、僧侣们和传教士们。奇怪的是，他们穿过围绕爱尔兰的弯路，把底比斯（Thebec）① 精神带回了欧洲大陆。一千多年前，他们偏安一隅，可是在当年，这里就是欧洲的心脏地带。

面前有很多灰绿相间的毯子，包住了这么多瘦弱的身躯，这么多清晰的轮廓。神父们竖起了横挂着安全别针的领子，衣领上两个、三个、四个，或许更多的安全别针在轻轻地摇动着。那些消瘦的面容，深陷的眼眶，以及坐在洗衣篮里、嘴里叼着奶瓶的婴儿们，那些父亲们聚在吧台那儿，徒劳地喝着啤酒。缓缓地，太阳把一排排白色房子从雾霾中解放了出来。来自灯塔的一束白红相间的探照灯光照向邮轮，邮轮慢慢地驶入了邓莱里港（Dun Laoghaire）②。海鸥成群结队地环绕着邮轮飞舞，都柏林慢慢

---

① 古希腊地名。
② 爱尔兰著名港口。

露出真容，却又立刻不见了。眼前是一片教堂、纪念碑、码头和油库。缓缓升起的是烟囱冒出的烟雾。又到了吃早点的时间，当然这只是对少部分人来说的。整个爱尔兰依然在熟睡中，码头上的搬运工们揉搓着惺忪的睡眼，出租车司机们在寒风中打着冷战。爱尔兰的眼泪正在迎接着回家的游子。人们相互高喊出的名字像皮球一样被抛来抛去。

我拖着沉重的身躯走下甲板上了火车，几分钟后又从火车上下来走进巨大又昏暗的韦斯特大街火车站，然后又走到大街上。这个时候，我偶然看到一个年轻妇人正在一所黑色的房子的窗台上收拾橘黄色的牛奶瓶，我们相互致以微笑。

尽管我不是很明白，却也很快开始猜想，上午 7 点到 10 点是爱尔兰民族不喜欢说话的时间？不管我问什么，得到的永远是一个最简单的答案——"对不起"。就像在那个古老的故事里，在阿姆斯特丹的德国学徒以为世界上所有的东西都属于肯尼特沃斯坦先生（Mr. Kannitverstan）① 一样，因为他只知道这个答案。我倒是很想问一问：码头上的船是谁的呀？——对不起；大雾里站立在纪念碑上的是谁呀？——对不起；大雾里站在公共汽车尾部，精妙地模仿着冲锋枪的声音的那个神秘男子是谁呀？——对不起；那些赤脚的小孩儿是谁家的啊？——对不起；寒风里，是谁这么早拉着粮食、戴着灰色帽子、驾着马车路过这里啊？——对不起。于是，我决定不再运用我那浅薄的语言知识而是心甘情愿地屈服了。我决定不再依靠我的嘴巴或其他什么人，而是用我的一双眼睛和一对耳朵仔细观察一下店铺的招牌吧。这时，招牌们就成了账房、旅店老板和蔬菜贩，纷纷向我袭来，各式各样，目不暇接：乔伊斯（Joyce）②和叶芝

---

① 德国短篇小说家约翰·彼得·赫贝尔（Johann Peter Hebel, 1760—1826）作品中的人物。

② James Joyce（1882—1941），爱尔兰作家。

（Yeats）①，麦卡锡（McCarthy）②和马洛伊（Molloy），奥尼尔（O'neill）和奥康纳（O'Connor），似乎连杰基·库根（Jackie Coogan）也留下过痕迹。我只好向自己承认，在寒风中很孤独地站立在纪念碑上的人，他的名字不是对不起而是尼尔森（Nelson）③。

买了一份叫作《爱尔兰文摘》的报纸后，我被一家店的招牌吸引住了："价格公道的床和早餐"，那么就姑且品尝一下这里的早餐吧。

如果说欧洲大陆上的茶叶就像一张泛黄的电报单，那么在这个奥斯坦德（Ostend）④以西的岛上，茶水的颜色简直就像是俄国神像的颜色一样。当然是在俄国神像被涂上牛奶，变成那种胖胖的婴儿的皮肤的颜色之前，就是那种闪耀的金色。欧洲大陆的茶的味道很淡，却盛在那种易碎的上好茶具里，但是在爱尔兰，从破旧的金属茶壶里倒出优质的茶水，却能给顾客提神醒脑，而且非常便宜，茶杯也只是陶瓷的而已。

早点很是不错，茶水应该更出名才对，而且还有倒茶的爱尔兰女孩的免费微笑。

我快速翻着报纸，首先看到的是一封来自读者的信件，内容是提出把纪念碑上的尼尔森雕像换成圣母像。一封又一封，提出这样要求的信还真不少。

8点到了，人们有了聊天的兴致，我也终于得以加入。人们的谈话声很快把我包围了，可是我只能从这些句子中听清楚"德国"这一个单词。我想要反击一下，让他们也尝尝"对不起"的厉害，当然我用的是友好的

---

① William Butler Yeats（1865—1939），爱尔兰作家，爱尔兰文艺复兴运动领袖，1923年获诺贝尔文学奖。

② 此处出现的五个姓氏为作者在爱尔兰的大街上见到的姓氏，均为爱尔兰籍著名人士的姓氏。原文分别为McCarthy，Molloy，O'neill，O'Connor），Jackie Coogan。

③ Horatio Nelson（1758—1805），18世纪英国皇家海军将领。

④ 比利时城市。

语气，接着我开始享受倒茶女神的美丽笑容，就在这时，一声雷鸣般的吼叫吓到了我，难不成在这个神奇的地方，大街边上也有火车吗？雷声继续着，声音逐渐变得清晰，我终于能够分辨出来了，《最后的晚餐》这首圣歌，从开头备餐的部分到最后感谢上帝的部分，一应俱全。当这首歌的最后一个音节从韦斯特大街对面的圣安德鲁教堂传过来的时候，我差不多把茶喝完了。正因为这样，我在爱尔兰的第一杯茶，就像以后我在爱尔兰偏远而肮脏的小旅馆和壁炉旁喝到的那些茶一样，不仅很可口，而且还具有一种极其强烈的宗教信仰的感觉。这正是因为我听到《最后的晚餐》传遍了韦斯特大街的经历。这么多人从教堂里走出来的场景，我在家乡只有复活节和圣诞日的弥撒后才见到过。但是，邮轮上那个轮廓清晰的、不相信上帝的姑娘的忏悔我却始终不曾忘记。

时间还是 8 点钟，而且今天是星期天，我的主人恐怕还在呼呼大睡。茶早已凉了，咖啡店里也早已散发出了黄油的味道，游客们纷纷拿起自己的行李和包裹，前往公共汽车站了。我百无聊赖地读着那份报纸，试着阅读并翻译那些小新闻和小故事的开头，第 23 页上的一条警句，却让我纠结了起来，我还没能把它翻译出来，就已经读懂了它的含义，不用翻译，却比德文表达得还清楚：坟穴里，躺着的都是没了他们世界就将毁灭的人。

只为了这一句话，整个都柏林之行都值了。所以，为了我将来可能要面对的重大抉择，我把它埋在了心里（后来这句话变成了一把钥匙，可以解开我时常会有的那种既令人兴奋又让人镇定的特殊情感，那种既让人发疯又能在狂热中保持中立的独特体验）。

我已经决定了，不管这不合时宜的时间了，前往那座可以看到远山和树林的，在杜鹃花、棕榈树和夹竹桃后面隐藏着的别墅前，把我的主人叫醒。

8 个小时过去了，我的这位德国同乡开始非常具有概括性地向我宣称："这个国家什么都很脏，还很贵，到哪儿都找不到夏多布里昂（chateaubriand）①。"而我却已经在为爱尔兰争辩了，虽然我来到这个国家才不到 10 个小时，而且这 10 个小时，5 个小时用在了睡觉上，1 个小时洗澡，去教堂 1 个小时，和这位已经在这里居住了半年的同乡争论，也用了 1 个小时。我们激烈地争辩着，茶叶、《最后的晚餐》、乔伊斯和叶芝都成了对抗夏多布里昂的武器，虽然我当时还没有听说过它（很久以后我回到家，为了弄清楚它到底是什么，翻开了词典，发现它无非是一种牛排）。当然，当时我只能猜到它是一种肉食。反击注定失败，因为那些出了国的人，都会想尽办法把祖国的缺点全部忘掉，不管在家是什么样，出国时都愿意找到祖国的夏多布里昂。就像罗马人会思念家乡的咖啡，而爱尔兰人会思念茶叶一样。我认输了，只好坐公共汽车回城里，路上看到了很多电影院门口那长长的队伍。每天上午，他们排队走进教堂，晚上，却变成了电影院。路过一个绿色的报刊亭时，我再次受到了爱尔兰女孩美丽微笑的感染，买了报纸、香烟和巧克力，然后，我的视线停留在了一本夹在小册子里的毫不起眼的书上。它已经脏了，用的是白色书名红色边框的封面，这是一本只值一先令的旧书，于是我买下了它，这是冈察洛夫（Ivan Goncharov）② 的《奥勃洛摩大》（Oblomov）的英文版。我很清楚，虽然他的家远在 2000 英里以外，但是如果他能生活在这里，这个大家都不喜欢早起的地方，他一定会很适应的。

---

① 一种高级牛肉。

② 19 世纪俄国著名批判现实主义作家，其代表作为《奥勃洛摩夫》。

第三章

为迈克尔·奥尼尔的灵魂祈祷

　　站在斯威夫特（Jonathan Swift）① 墓碑旁边，我一阵发凉，圣帕特里克教堂既洁净又宽敞，装满了爱国者们的大理石像。"绝望的教长"就长眠在这冰冷的石棺下，躺在他身边的是史黛拉（Stella）②，面前是两块方正的铜碑，它们干净得像是刚刚让德国的家庭主妇们亲手擦拭过一样。斯威夫特的那块墓碑较大，而小的那一块属于史黛拉。我是多么希望能带上一束棘草花，那种坚韧、高大，而又有很长花茎的棘草花，要么就是几株爱尔兰三叶草，或许再来一种没有刺的鲜花，不管是茉莉花还是忍冬花都可以，对这两个人来说这算是最合适的礼物了。可是现在我的双手就像教堂一样既空无一物又冰冷。军团旗帜半降着，挂满了大厅，它们真的还带着火药味吗？即使它们好像还飘扬在战场上，但它们真正散发出的是几个世纪以来没人光顾的教堂的那种独特的发霉的味道。突然我感到似乎背后被刺入了一根冰柱，只好落荒而逃，在教堂门口我发现这里竟然还有另外一个人，就是清洗着教堂大门的清洁女工，虽然她正在清理的大门，其实已经够干净了。

---

① Jonathan Swift（1667—1745），爱尔兰作家，讽刺文学大师，曾任圣帕特里克大教堂教长。
② 斯威夫特的伴侣。

教堂门前站着一个爱尔兰乞丐，这是我第一次在这个国家碰到乞丐。我本以为只有在南方大陆上的国家才有这样的乞丐，但是别忘了，南方阳光充足，这里可是北纬53°，在这里衣不遮体可和在北纬30°上不一样。雨水打在了那些穷人的身上，面前的污泥是那种连最优秀的美学家也无法找到其中之美的污泥。它们聚集在圣帕特里克大教堂旁边的贫民窟，角落里，房子上，简直到处都是，就像斯威夫特在1743年就看见过的画面一样。

那乞丐的两袖空无一物，也是肮脏的，显然那里面曾经有过两只手臂。疯狂的抽搐突然出现在他的脸上，他那消瘦而又阴沉的面容，有一种我无法在这本书里描写的美感。这让我不得不把一根香烟塞到他的嘴里，还把几枚硬币塞进他的口袋：这种感觉就像我在装扮一具死尸一样。都柏林的天空依旧那样灰暗，一切都介于黑色和白色之间的那种灰色之中，这种颜色还形成了一片云彩，好像天空突然被无数片灰色羽毛所笼罩着，没有一点儿爱尔兰的传统绿。这时，乞丐开始从大教堂向贫民窟方向慢慢挪动着。

在贫民窟中，窗户上常常沾着一片片污泥，好像有人故意把它从壁炉、下水道里挖出来似的。这里几乎没有什么事情是有意而为之的，也没有什么是自发的，喝酒、祈祷、骂人、做爱，上帝在这里既被热爱着也被诅咒着，当然这些情感都是无比激烈的。

斯威夫特本人也看见过那堆积在后院里几十年的淤泥，那是时间留下的令人难过的纪念品，正如二手商店的橱窗里胡乱放着的各色各样的垃圾。然后，我终于找到了这次旅行的目标之一：那种挂着皮门帘的、有单人酒座的酒吧。在这里喝酒的人把自己当作一匹马，紧紧地关在酒座里。只是想与威士忌和痛苦独处一会儿，为了自己的信念或无信念而独处一会儿，只要有钱，就能不在乎时间，躲入无比消极的潜水箱里下潜，直到他不得不重新浮回到现实中来，重新投入那无比痛苦的划桨生活中，回到这没有意义的人生航行中，因为每个人的人生小舟最终都要驶进无尽的黑色冥河水中。令人奇怪的是，这种酒吧没有这个世界上真正的劳动者——妇女们的位置，只有男人们孤独地喝着酒，逃避着他们的责任，远离家庭、家族、职业、名誉、社会之类的东西。这里的威士忌很苦，却能安慰人。可是从这儿向西航行几千英里过去，从这儿向东越过两大洋，走到哪儿都有进步而又勤劳的人们。没错，这样的人们竟然是存在的。非常强壮的店主又送了另外一杯酒进了单间。他的双眼没有醉意，是那种纯洁的蓝色，因为他在工作，而他的财神却从来不工作，在木头搭建的酒吧里，在每个单间的夹板之间，充斥着低俗的笑话和骂人的话、希望和祝福。这又哪里数得清呢？

他们已经发现，单间这个时光的潜水箱开始沉入海底了，一下子就比沉船和生物还要深了。但是潜水员们早就带好了器械，就算箱子沉得再深也是能找得到的。所以他们只好潜出水面再次开始呼吸，重新为了声誉、职业、家庭、社会而奋斗，免得潜水箱被潜水员打破了。他们张嘴问店主："该付多少钱？"答案很多，而这些酒资都进了蓝眼睛的店主的口袋里。

天空仍然布满了层层灰色的羽毛，还是看不到爱尔兰的传统绿，我向另外一座教堂进发。时间没过多久，那个乞丐仍然站在教堂门前，我在他嘴里插上的那根香烟，不一会儿就被几个学生从他嘴里拿了出来，小心掐灭了烟头，没有失去一点儿烟草，剩下的部分被放进了乞丐的口袋里。他的帽子也被他们摘下来了，就算他没了胳膊，他也不能戴着帽子走进"上帝的家"里，有人帮他打开了门，他空无一物的衣袖被甩到了门框上。他的衣袖既湿又脏，像是刚在下水道里被拖行过。当然，教堂里的人也不会在意这一点儿泥泞。

圣帕特里克大教堂是空旷的、干净的、美丽的。这座教堂却坐满了人，充斥着各种廉价俗气的装饰品，不是很脏却很乱，就像是一个生养了许多孩子的家里的客厅。可以肯定，人们在爱尔兰靠贩卖石膏神像赚了大钱。我听说我的一个德国同胞就是这样把德国文化传入爱尔兰的。其实这些对于生产这种俗气的雕像的厂主们的不满，对于跪在圣像面前的朝圣者来说是无所谓的。他们觉得这些圣像是花里胡哨才好，俗不可耐才好，栩栩如生才好（小心哪，朝圣者们，生活中并没有那么多栩栩如生）。

我看见一位黑发美女，她有着女神般的气质，就像一位被侮辱了的天使一样，在圣马德林（St. Magdalene）① 圣像面前祈祷着。她的面颊有点泛绿的痕迹。她的想法和祈祷怕是被写在一本我看不到的书里。手臂下面夹着曲棍球棍的学生们比画着祈祷的手势走到十字架前面祈祷。一盏小小的油灯就放在角落里，就在圣心之前，就在圣安东尼像和圣弗郎西斯像面前。这个地方的宗教气氛真是至真至浓，乞丐坐在排凳的最后一排，在这个香火旺盛的教堂里，努力控制着脸上的抽搐，他的脸朝向天空中的那层层乌云。

令人惊讶的是宗教产业出现了新的科研成果：高高悬挂在圣母玛利亚头顶上的霓虹灯光晕和圣水盆里的荧光十字架，在教堂的暮色中，这十字架散发着玫瑰般的色彩。不知道书里是否会对在这些垃圾面前祈祷的人们和在意大利安杰利科（Fra Angelico）② 的壁画前祈祷的人们分门别类呢？

那个黑发、面色有些泛绿的美女还在一直凝望着圣女的塑像，那个乞

---

① 圣经人物，一说为妓女，耶稣的追随者。
② Fra Angelico（1387—1455），意大利佛罗伦萨画派画家。

丐的面孔也还在抽搐着，现在他整个人都在发抖，这让他口袋里的硬币发出了金属碰撞的声音。那些学生好像认识他，也似乎能看懂他那抽搐的面孔所表达的意义。其中一个把手伸进了他的衣袋里，四枚硬币就出现在这个学生脏兮兮的手里，其中两个一便士、一个六便士、一个三便士。一个一便士的和一个三便士的被学生留下了，剩下的两个则被扔进募捐箱里。这个场面算得上是数学、心理学和政治经济学结合的新领域，所有算得上是精确科学的学科此刻都体现在了乞丐面孔的抽搐上。我知道如此深奥的情形我是没法掌握的。我仍然挂念着斯威夫特墓：清冷、干净、大理石塑像、军团旗帜和清洗着本来就够干净的大门的女清洁工。圣帕特里克教堂是美丽的，这座教堂是丑陋的，但是起码有人来这里，就像许多爱尔兰教堂那样，我在它的排凳上，找到了许多请求别人祈祷的搪瓷牌子："请为1933年1月17日去世的，60岁的迈克尔·奥尼尔的灵魂祈祷；请为1945年5月9日去世的，年仅18岁的玛丽·基冈的灵魂祈祷。"这是多么有信仰而又聪明的勒索啊。死者宛若重生，这会唤醒读到这牌子的人在这一年这一天的记忆。当希特勒面部抽搐地妄想着一手遮天时，60岁的迈克尔·奥尼尔走了。德国投降那一年，18岁的玛丽·基冈走了。当我看到"请为1930年12月20日去世的13岁的凯文·卡西迪祈祷"时，我感到一股电流穿过我的身体，1930年12月，我也才13岁。那年我还住在科隆南部的一所在1908年就能被称作豪华的公寓楼里。我手里拿着成绩单，摆弄着我的圣诞礼物，假期刚刚开始，我正透过红色的窗帘向外望着，欣赏着冬日的街景。

街上是一种红棕色的，就是舞台上用的那种假血洒过的颜色。雪是红色的，天空是红色的，就连电车拐进中转站时轨道上发出的剐蹭声听起来都是红色的。当我把脸靠近窗帘的空隙时，我才看到了真实的情景，雪堆的边缘是棕色的，马路是黑色的，电车的颜色犹如那种未刷过的牙齿一样，电车拐进中转站时轨道发出的声音现在听起来却是浅绿色的——树木最尖端的枝干上的那种浅绿色。

那天，都柏林的凯文·卡西迪离开了，他只有 13 岁，和我一样大。他的墓被建了起来，葬礼上的风琴声也被演奏出来了。他的那些被吓坏了的同学们挤在教堂的排凳上，到处都是香火的气味，蜡烛发出的光亮，以及裹尸布上的银色花边。当时，我刚刚收起我的成绩单，拿出了滑雪板，我当时的拉丁文考试得了 B，而凯文却已经进入了棺木，跟棺木一起被放进了墓穴里。

当我离开教堂走上街的时候，凯文仿佛跟在我的身后。我看到了他，他就像我现在这么大。在短短的几秒钟里，我感觉自己变成了 37 岁的他，成了一个生养了三个孩子的父亲，住在圣帕特里克大教堂旁边的贫民窟里。酒吧的威士忌又苦、又凉、又贵，斯威夫特的墓穴中的冰柱向我刺来。我有个面带青色的黑发妻子。而我因为欠债，全家挤在一间小房子里，如同伦敦那数不清的、都柏林那几千座一样的、两层的破旧发霉的居所——美学家们请别忘了，正是在这样的小楼里，曾经产生了詹姆斯·乔伊斯和肖恩·欧凯西（Sean O'Casey）①。虽然如今美学家们会把它们称作令人沮丧的、破烂不堪的。

凯文对我如影随形，我又回到了酒吧的单间里，点了两杯威士忌。只不过他是喝不到我手里的酒了，我只好替他干了一杯。这杯是我敬他的。

---

① Sean O'Casey（1880—1964），爱尔兰剧作家。

第四章

梅奥——上帝救救我们

　　爱尔兰的正中央，是阿斯隆（Athlone）①，来自都柏林的快速列车行驶两个半小时后在这里一分为二，有餐车的那列开往戈尔韦，条件比较差的那列载着我们驶向韦斯特波特。正值午餐的时间，如果我们有钱的话，不管是英镑还是爱尔兰镑都能在餐车上买一份丰盛的午餐。于是，我们对离我们远去的餐车更加不舍了。不幸的是，从下船到上火车之间，只有半个小时，另外都柏林的外币兑换点要到九点才会营业，我们身上这些薄薄的纸币没有任何用处，还是刚从德国央行取出来的模样。而且爱尔兰中部的银行也不知道这些货币的汇率。

　　在都柏林发生的事件让我惊魂未定，在那里，当我离开火车站前的一个兑换点时，几乎被一辆亮红色的卡车撞到，车身上只有一个巨大而清晰的卐②作为装饰。不会是有人把《人民观察家》（Volkischer Beobachter）③送报车开到爱尔兰了吧？还是他们在这里仍然有分支机构呢？卡车看上去就像是我记忆中那个样子，但是司机在胸前画着十字祈祷，温和地示意我

① 爱尔兰中西部的一个城市。
② 德国纳粹党的标志。
③ 德国纳粹党党报。

向前走。我走到车旁边，清清楚楚地看了看。原来这辆车是卍干洗店的，"始于1912年"的字迹清晰地写在下面。但仅仅因为它是那种车子的可能性，也让我难以承受，几乎停止了呼吸。

没有一家银行开门，我只好沮丧地回到火车站，面对现实，去韦斯特波特的火车是上不去了，车票我买不起。只剩下两种选择：要么找个旅馆过夜，第二天再找一班火车（今天下午的火车赶不上下火车后的汽车了），要么想个"办法"混上今天的火车。这种办法就是，我们只能不买票上车。都柏林火车站站长被三个疲劳不堪的孩子、两个无奈的女人和一个万分无助（而且两分钟前还几乎被一辆卡车撞到）的可怜父亲打动了，他还帮我算出，住旅馆的费用和火车票钱几乎相差无几。接着，他写下了我的名字，标注上欠车票人数，握了握我的手安慰我，示意列车开车。

于是，我们在这个神奇的地方享受到了一次绝无仅有的信任，而这竟然是来自铁路公司的信任。

可惜的是，在餐车里吃早餐不能记账。这倒不是我没有尝试过，我的德国钞票新得发脆，但餐车主管就是不买账。我叹着气拿出了最后的一英镑，买了一个三明治，顺便给我的保温瓶里装满暖暖的茶水。验票员倒是认真负责，反复记录着我们的名字。一次、两次、三次，直到我不禁要想，这奇怪的欠债我们到底要还几次？

新验票员刚刚在阿斯隆上车，一头红发，很是着急。当我向他坦白说明我的情况后，他的脸上显现出一丝明了的表情。显然他早已被告知了我们的名字和我们的情况。"欠票的人数"已经被用电报传遍一个又一个车站。

火车在阿斯隆停靠之后又过了4个小时，这列换了本地列车车头的火车继续行驶，沿途的车站越来越小。火车一路向西，整个旅途的精华是位于阿斯隆（9000 人）和西海岸之间的罗斯康芒（Roscommon）和克莱尔莫里斯（Claremorris）① 市，这里的人口刚刚够装满城区的 3 座住宅楼。卡斯尔巴是梅奥郡的首府，居民有 4000 人，而韦斯特波特只有 3000 人。在这段相当于科隆到法兰克福之间距离的路上人口密度不断变小，再向西就是无尽的大海了。大洋对岸是人口 3 倍于爱尔兰共和国的纽约市，那里仅爱尔兰移民就要比阿斯隆以西的这 3 个郡加起来的总人口还要多。

这些火车站都不大，车站月台上的建筑都被涂成了淡绿色，周围的栅栏都是纯白色的，而且每个站台上都有一个小男孩，他会端着他妈妈的盘子，并把它用一根皮带挂在脖子上做着小生意，贩卖着三块巧克力、两个苹果、一些薄荷糖、几块口香糖、一本漫画书什么的。我倒是很想用我仅有的几先令来光顾他的生意，可选择的过程却着实不易，女士们想要苹果、薄荷糖，孩子们想要口香糖和漫画书，最后我们只好妥协了一下，买下那本漫画书和一块巧克力。这本漫画书的书名有个看起来相当不错的题目，叫作《蝙蝠侠》②，封面上画着一个飞檐走壁的戴面具的黑衣人。

微笑着站在站台上的孤单小男孩慢慢消失在了雾中。远处的荆豆开花了，路边的倒挂金钟已经结了花苞。无人涉足的绿色小山丘上是泥煤堆。是啊，爱尔兰是绿的，特别的绿，然而她的绿不是那种青草的绿色，而是那种苔藓的深绿色。毫无疑问，从罗斯康芒到梅奥郡这一路上，遍布的苔藓是被遗弃和被荒废的土地的标志。这里的土地是被遗弃了的，人口在慢慢地减少。我的家人没有见过这样的爱尔兰，而我们这些从来没来过的人，却在西部租了房子，这多少有些让人难以理解。女人们徒劳地望着窗外，想在铁路边找到土豆地、蔬菜架，找到生菜的那种新鲜的绿色和豌豆

---

① 爱尔兰西部的两个城市。
② 美国 DC 漫画公司出版的世界著名漫画系列。

的那种暗绿色。分着吃掉了那块巧克力之后，我试图用《蝙蝠侠》来消磨时光。但是"蝙蝠侠"确实没什么意思，他能像封面上那样飞檐走壁，而且他最大的乐趣就是惊吓睡熟的女人。他单凭一件披风就能飞来飞去，还随身携带着几百万美元，他的这些动作是用一种既不是英式英语，又不是爱尔兰式英语，也不是欧洲大陆英语的语言描写的。"蝙蝠侠"既威武又正义，但他很严肃，对待坏人甚至有些残酷，他会一拳把坏人的牙打掉。而这种动作在书里仅用几个拟声词就能够表现出来，"蝙蝠侠"实在没什么意思。

还有一种慰藉在等着我们，那位一头红发的检票员又来了，他笑着第五次记下名字。这一系列检票的奇怪行为终于能够解释通了，我们已经又进入了一个郡，梅奥郡（County Mayo）①到了。在爱尔兰，人们有一种有趣的习惯，那就是有人说出"梅奥郡"这三个字时，不论是褒是贬或两者都不是，一旦听到"梅奥郡"三个字，爱尔兰人就会马上说："上帝，帮帮我们！"听起来就像对祈祷的回答，像"上帝保佑"似的。

检票员离开之前郑重起誓，他再也不会来登记我们的名字了。又一个车站到了。这里卸下的货和在前面的车站卸下的货是一样的，是烟草，而且只有烟草。我已经学会了用烟草捆数的多少来预测这地方的大小，而且要验证我的估计是否正确，只要看一眼地图就可以了。我穿过了几节车厢，走到货车看了看到底还有多少烟草在车上。车上只剩下一小捆和一大捆了，所以我也猜出了接下来还剩下几站的路程。车上的人少得让人害怕，我数了数，可能是 18 个人，仅仅我们家就 6 个人。而我们似乎已经乘车在泥煤堆和沼泽里旅行好久了，至于生菜的那种新鲜的绿色，豌豆的

---

① 爱尔兰的一个郡，位于爱尔兰岛西北海岸。

那种暗绿色和土豆的那种绿色却仍然没有踪影。"梅奥郡啊,"我们轻声说,"上帝帮帮我们吧。"

火车又到站了,那一大捆烟草被搬下了车,站在站台的纯白色栅栏另一边的,是许多被大盖帽遮住的深色面庞,他们应该是守着这一队汽车的人们,在别的火车站旁边,也有着类似的一群人。如今想想,这一幕似曾相识,就像是老相识一样,就像烟草和我们的检票员一样,像那种只有英国和欧洲大陆的标准卡车一半大的爱尔兰卡车一样。红发检票员蹲在行李车仅剩的一捆烟草上面。我像一个刚刚学会用盘子杂耍的人似的,慢慢地用我那不算太好的英语询问他,想知道那些面孔发黑的大盖帽站在站台上到底在干什么,为什么那些汽车会停在那里,期盼着传奇故事似的解答令我失望了,答案不是现代化的绑架和抢劫案。检票员的回答过于直接了:"那些是出租车。"我长出了一口气。出租车这种事和烟草一样都是理所应当的。检票员看懂了我的心思,给了我一根烟,我欣然接受了。他给我点着烟,然后笑着告诉我:"10 分钟后就到站了。"10 分钟之后,列车准时到达韦斯特波特,我们受到了盛情的欢迎。车站站长是一位高大而又神情庄重的老人,他站在我们的车厢前,微笑着把一根铜手杖举到他的礼帽旁边向我们致意。他一手帮助着女士们,一手抱着孩子们,还叫来一个行李工帮忙,然后有意而又不声张地把我引进了办公室,记下了我的名字以及我在这里的地址,接着和蔼地劝慰我,告诉我韦斯特波特是能换货币的。我把德国货币拿给他看,他笑得更高兴了,并说:"好啊,很好啊。"他指着钞票对我说:"不用太着急,真的不用太着急,肯定会让你付钱的,放心。"

我把汇率的问题告诉了他,但是这位慈祥的老先生轻轻地划了划铜手杖说:"别太担心了!"(可是那些保险广告牌却一再告诉我们要操心,想想未来吧，安全第一，保护孩子们）。不过，我还是有些担心，我的信用到这里一直都值得信赖，不知道以后怎么样。在韦斯特波特待了两个小时之后，还要再坐两个半小时的公交车才能到，要穿越整个梅奥郡，上帝帮帮我们！

我敲开了银行行长的家门，他眉毛直竖着，显然他正在休息。他在听说了我的困难之后，眉头终于不再紧锁了。我没能让他相信我手里的货币的可靠度，我有不少钱，但没有能用的。他大概听说过东德马克和西德马克的区别，知道这两种货币有很大不同，我把货币右下角的法兰克福指给他看的时候，他说（他在地理课上一定得过高分）："在民主德国也有个法兰克福。"我有些无奈了，只能继续对他比画着，指着美茵河和奥德河，他的地理成绩肯定不是全校第一，而且在这么难分辨的情况下，就算有官方汇率，也需要一再确认。"我得把钱汇到都柏林去。"他说。"这些钱就这样了吗？"我问。"是的，"他回答，"这钱对我来说有什么用处呢？"我低下头：他说得好，这钱在这儿确实没什么用处。"要多长时间，"我问，"才能等到消息？""四天。""四天，"我叫道，"上帝帮帮我吧！"

这句话我已经会说了。我问他能不能先给我一些贷款，反复盯着纸币上的"法兰克福"的他又看了看我，打开柜台，递给我两张英镑。

无奈的我在单据上签了字，从他手上拿过复印件，径直走出了银行，外面的雨还没停下来，我的家人们正在车站等着我的好消息，他们近乎绝望的眼神代表着饥饿和希望，希望那强大的男子气概的父亲能想出办法来。我只好大胆了起来，表现出男子气概来，不计后果地请全家喝茶，之后又饱餐了火腿、鸡蛋、沙拉、饼干和冰激凌。幸运的是，一顿狼吞虎咽之后我还剩下一点钱，我买了十根烟，一些火柴，口袋里就只剩下半先令了。

四个小时之后，我才发现原来消费也是可以预付的。这是因为我们已经到了，已经快出梅奥郡了。那儿和纽约之间只有一片大海。我们提前租下的小屋也是预付的，房子是刚刚粉刷过的，窗框是大海的颜色，壁炉里生了火。新鲜的鳟鱼被用来迎接我们，成了开胃大餐。坐在沙滩上，放眼望去，海水是蓝绿色的。深蓝色的海水一直伸入海湾中间，你可以看见一条狭窄的发光的线，那就是克莱尔岛，岛岸上白浪滚滚。

到了傍晚的时候，我拿到了和现金一样珍贵的房东账簿。它很厚，至少有 80 页，用红线装订得很结实，就算用很久也不会坏。

我们终于到了，梅奥郡，"上帝帮帮我们!"

一副人类居住地的骸骨

我们越过一座小山，突然出现在眼前的是山坡下被遗弃的村庄骸骨。没有人跟我们解释过这个独特的现象，爱尔兰为何有这么多被遗弃的村庄。去教堂、到海滩的近路，去哪里买茶叶、面包、黄油、烟草，去报刊亭和邮局怎么走，都会有人指示我们，连海滩上有被打伤的鲨鱼，抛锚了的船陷在浅浪里，除非涨潮的海水把开膛破肚的鲨鱼肚皮掀过来，否则它那黑黑的背都是面向蓝天的，就连这些都有人告诉我们，可是这些被遗弃的村落竟然没人提及。一排排灰色的、一模一样的石砖砌成的石墙，我们即使不用透视，也能看清楚，于是这里就成了业余的劣质恐怖电影的片场。我们尝试数着到底有多少面墙，但是只数到40，可以肯定的是，数目绝对不少于100。小路的下一个弯曲处，给了我们一个全新的观察视角。我们可以从侧面观察了，这些未完成品，像是在等着工匠哪天来继续施工，灰色的石墙，昏暗的窗户，这里看不到一根木梁，也看不到任何建筑材料，失去了所有色彩，就像一具失去了毛发、双眼和血肉的尸骨一般。一副村庄的骸骨，就这样残酷地展示在眼前了。可以看出，这是一条主街，那拐弯处广场旁边的一定是一家小酒吧。这是一条偏街，旁边又是另一条偏街。这里，所有不是石制的东西，都已经被大雨、阳光、西风所泯灭了。当然还有时间，无比耐心的时间，它那 24 小时不断的 24 滴水珠滴了下来，腐蚀了这里的一切、酸化了这里的一切。如果曾经有人能把这里的景色画下来也好啊，100 年前，这里大概有 500 人住过，现在却成了骸骨。那些在灰绿相间的山坡上的灰色的三角形和正方形的房子们，当然还有那位身着红衣的姑娘也画进来吧，她正背着一整筐泥煤走过主街，画家在她的毛衣上点了一笔红色，在那堆泥煤上添一笔棕色、一笔浅灰色作为她的面孔。接着画进来像一群虱子一样聚在一起的白色羊群。如果真的是这样的话，大家也许还会说他是个不正常的疯子画家，但是这就是现实有多抽象。所有非石制的事物，都被西风、阳光、大雨、时间慢慢吞掉了，这座村庄的骨骼就像被时间展示在山脊上的解剖课标本一样。那里就像一根脊柱，那条微微倾斜的主街，真的很像一位劳动者的脊梁，每节骨头都还在，那里像胳膊和腿，那些偏街，向一个方向倾倒的教堂是骨骼的头骨，其实就是一个略大的三角形状。左腿是那条向东一直延伸到半山的街道，右腿则是另一条延伸到山坡的街道，比左腿短一点。看来这还是一具有些瘸腿的骸骨。他是一具被埋 300 年后出土的骸骨，是个被四头牛拖着路过这片草地的人，可他还以为是自己在驱使着牛。右腿在一次车祸中受过伤，脊梁骨因为做矿工而被压垮，因为疲劳，头骨在埋葬之后也倒向了一个方向。在我们回过神来，能够跟他对话或者问他一个关于这个村子的问题之前，他却早就自言自语了一句"天气不错"，离我们远去了。

哪怕是一个被空袭过的城市，或是被炮击过的村落，都不会是这副样子。炮弹子弹不过是升级版的战刀战斧和石锤而已，被用来打砸，但是这儿没有被暴力打砸的证据。时间和大自然耐心地相互配合着把一切非石质的东西泯灭了，而且土壤中又生出了这副骸骨的睡垫，这是一块用苔藓和牧草织成的睡垫。

从来没有谁，想来到这里拆掉一面墙，从房子里取掉一根木材（木材非常贵重，在我们那儿被称为洗劫，但是这里没有人洗劫）。即使是每天日落时要把牲畜从牧场上，从村落的草场上赶回家的牧童们，也不会那样做。可是我的孩子们不一样，虽然才刚刚来到村落里，就想把这里的土地推平。从来没有谁想把土地推平过，让软软的、逗留在这里的泥土成为西风、雨水、阳光和时间的贡品，而在 60 年、70 年甚至上百年过去之后，这里只剩下断壁残垣，工匠再也没有为它挂上标志房屋完工的庆祝彩球。所以这里只剩下一副死后得以安息的人类居住地的骸骨。

抱着一颗敬畏之心，我们穿过了主街和断墙，走进了偏街，这种敬畏感渐渐消失了。街上铺满了野草，苔藓爬满了断墙和土豆架，缠绕着被遗弃的屋子。石块砌成的墙壁被雨水冲刷了表层，这种石头不是方石或瓦石，它们是小块石，一如当年它们从山坡上滚下，落进溪水时的模样。门框和窗台都是石头做的，两根与肩同宽的石柱从墙壁上延伸了出来，过去这儿一定是个炉灶。那里拴着用来挂锅的链子，当年，在近乎棕色的水里，煮熟了不少苍白的土豆。

我们继续走家串户，一旦我们远离了映在门槛上的、那慢慢变短的影子们，一块正方形的蓝天就出现在了头顶上，当年有钱人家的房子都比较大，穷人家的房子自然都很小，如今他们唯一的区别，却只是头顶上可见的天空的大小了。一些房子里铺上了苔藓，棕色的水包围了门槛。有的地方你还能看见房前的牲畜圈，或者是一根牛胫骨，那上面捆着拴牲畜的铁链。

"这里曾经是炉灶"——"那里是床"——"壁炉上面一点儿的那个地方曾经挂着十字架"——"那儿还有一组壁橱"：由两根相互垂直的石板和在它们中间的两块平行的石板围成的一个壁橱，有一个孩子在壁橱里面发现了一把铁制的旧斧子。我把它取出来，它却立刻就在我的手里化成了灰，只留下一块钉子般大小的内部部件，我把这个纪念品放进了上衣兜里，这是孩子们的主意。

5个小时，我们在这里足足待了5个小时。这里的时光飞逝，这是因为什么事情都没有发生，期间我们吓飞了两只鸟，一只羊跳过了窗框，被我们追上了山坡，血红色的小花开在死去的倒挂金钟上。没有一点儿生机的金雀花上有一朵像弄脏了的硬币一样的黄色小花。石英条跟骨头似的从一片苔藓里探出头来。街上没一点儿泥土，小溪里找不到垃圾，这里也没有任何声音。我们只能等那个背着一筐泥煤的穿红衣的少女出现了，可是就连她也没有露面。

回家的路上，我把手伸进上衣兜，希望仔细观赏一下那纪念品，瞬间我的手指上就沾满铁锈的粉末，颜色就像路边的苔藓，我顺手把它丢进了苔藓里。

谁也拿不准，这个村子是在什么时候被人遗弃的。这里有许多空空如也的房屋，走上两个小时，就能看见许多。有的是10年前，有的是20年前，甚至是50年前或者80年前被人遗弃的。当然还有一些房屋的窗户上的铁钉没能锈透，雨水还没有办法渗进来。

连我们邻居家的老妇人都不知道这个村庄是什么时候被遗弃的。因为她当时还年轻，大约1880年的时候，那里就没有人了。她有六个儿女，两个在爱尔兰，有两个到了曼彻斯特，两个去了美国，其中一个女儿在本地结婚生子（也有六个子女，同样是两个在英国，两个去了美国）。但是她的大儿子没有走。当大儿子赶着牛羊从远处过来时，看起来他最多十六岁，当他走进村子里面的时候，看起来像三十多岁，当他害羞地对着房屋前面的窗户微笑时，你才能看清，他已经近五十岁了。

"他不想结婚，"他妈妈说，"很可惜吧?"

是啊，太可惜了，他那样努力，爱干净。他把房屋的大门刷成了红色，把墙壁上的石把手也刷成了红色，屋檐上的苔藓是绿色的，屋檐下的窗框被他刷成了蓝色。他的眼神里充满了幽默的神采，他充满爱意地拍了拍毛驴背。

到了晚上，趁我们取牛奶的空隙，我们问起了他那个村子。他却什么也不知道，他甚至从来没去过那里。他在那边没有草场，他的泥煤坑在南边，离1799年处决的那位爱尔兰爱国者的纪念碑很近。"您去过吗?"他问。"是的，我们去过了。"他走了，走的时候是一个15岁的少年，转弯的时候变成了30岁，等到了半山腰，他去顺便摸毛驴的时候却变成了60岁，而当他走上了山坡，在他穿过草场的边界，消失在倒挂金钟旁的那个瞬间，看起来，他简直就像当年那个小男孩一样。

流动的政治牙医

"现在说实话吧，"帕德里克喝下第五杯啤酒的时候对我说，"你是不是觉得爱尔兰人都是半疯半傻的？"

"不，"我回答，"我只是觉得一半爱尔兰人是半疯半傻的。"

"你真应该去当个外交官，"帕德里克接着点了第六杯啤酒，"请你现在实话实说，你真的觉得我们是个快乐的民族？"

"我认为，"我回答，"你们比你们自己意识到的要快乐多了。如果你们意识到自己很快乐，你就能找到不快乐的理由了。你们也许有许多不快乐的事，但是你们不是也喜欢不快乐的诗意吗？我敬你！"

接着我们继续喝酒，但在第六杯啤酒下肚之后，他才有勇气问一个一直很想问我的问题，"我觉得，"他小声说，"希特勒……战争……其实不是特别坏的人，我觉得他只是……没有把握好分寸。"

妻子用鼓励的眼神向我看了看。

"继续吧。"她用德语小声说，"别放弃，把整颗牙都拔下来吧。"

"我可不是牙医，"我轻声回答妻子，"我已经厌倦了每天晚上来酒吧喝酒，总是要拔牙，拔的还总是同样的牙。"

"那也值了。"妻子说。

"现在听好，帕德里克，"我说，"你们都知道，希特勒他是多么没分寸，就因为他，几百万的犹太人，甚至是儿童都成了尸骨。"

帕德里克的脸上显现出一阵痛苦的抽搐，他又点了第七杯啤酒，伤心地说："可惜，竟然连你也被英国洗了脑，可惜。"

我没有喝那杯啤酒。"好吧，"我说，"我只好给你拔牙了。可能会疼，但这是必需的，拔了之后你就能成为一个好小伙。让我好好治一下你的牙，我已经成了一个真正的牙医了。"

"希特勒曾经……"我开始说，把知道的都说了，我说过无数遍了，我成了一个技术熟练的牙科医生了。而且如果病人是这样一个好小伙的话，我一定比平时更加认真负责，这仅仅是因为责任感。希特勒做过什么，希特勒说过什么，希特勒怎么样过……帕德里克脸上的抽搐更加严重了。幸好我提前点了威士忌给他压惊，我举起酒杯，他有些哽咽。

"很疼么？"我问他。

"疼，"他说，"而且在脓流完之前可能会继续疼几天。"

"不要忘了漱口啊，你要是觉得实在太疼的话，就去我那里，你知道我住在哪儿。"

"我知道，"他说，"我会去的，因为我一定会觉得很疼的。"

"不管怎样，"我说，"把这颗牙拔了是好事。"帕德里克沉默了。

"再喝一杯吧。"他非常痛苦地问。

"行啊，"我说，"希特勒曾经……"

"快别说了，"他说，"我怕，整条神经都快要露出来了。"

"无所谓，"我说，"神经就快死了，我们再喝一杯吧。"

"要是你被拔牙，你会不难受吗？"帕德里克很累地看了我一眼。

"一定是有一段时间不好受，"我说，"但是之后就不会再疼了，那不好吗?"

"我有点儿傻,"帕德里克说,"我也不知道自己为什么这么喜欢你们德国人。"

"你肯定会喜欢他们的,"我轻声说,"但不能因为希特勒,而是不管希特勒是否存在。没有什么比别人因为错误的原因而喜欢你更令人难过的了。如果你祖父是个小偷,而一个人因为你祖父是个小偷而高看你一眼,这可太令人难过了。别人可能因为你不是小偷而喜欢你。最好的是,就算你是贼,你还是能让别人喜欢你。"这是第八杯啤酒了。这杯是亨利点的,他是英国人,几乎每年都来这里度假一次。

他在我们旁边坐下,有些沮丧地摇了摇头。"我不知道,"他说,"为什么我每年都回到爱尔兰,我已经跟他们解释过很多次了,我不喜欢彭布鲁克(Pembroke)① 和克伦威尔(Cornwell)②,跟他们也不是亲戚,我只是伦敦的一个办公室文员,想在每年两周的假期里来到海边,我不知道,为什么我每年都要大老远从伦敦过来,他们总是说,我是很不错的,但又太英国气了,太无聊了。希特勒……"

"行啦,"帕德里克说,"不要再提他了,我以后不要听到这个名字。至少是现在不要了,将来还没准。"

"干得好,"亨利说,"看起来你的牙拔得很彻底。"

"我尽我所能而已,"我谦虚了一下,"已经习惯了,每晚给人拔掉一颗牙,我知道具体是哪一颗。我现在已经成了政治牙科的专家,知道怎样彻底治疗而又不使用麻药。"

"我同意你的说法,"帕德里克说,"但不管怎么说,我们还是很迷人

---

① 英国国王亨利二世时期的摄政王。
② 英国资产阶级革命家,曾在革命成功后成为"护国主"。

的民族吧?"

"你们当然是了，"我们三个异口同声地说，亨利、我和我妻子，"你们非常迷人，你们也知道。"

"喝一杯吧，"帕德里克说，"睡前最后一杯了!"

"上路前最后一杯了!"

"为了猫干一杯吧!"我说。

"为了狗干一杯吧!"

我们举杯，三个星期以来，钟表时针照例停在十点半。他们还要再停四个月。因为酒吧夏天只能营业到十点半，可是当夏天来临时，游客们、到访者们可不看什么时间。老板们拿出他们的螺丝刀和螺丝，把表针钉死了，有的店主甚至还买了表针已经被钉死的玩具表，这样时间就停止了。于是s，黑啤酒就汇成了奔流的小溪不断地流淌着，与此同时，警察们则正义地睡着大觉。

一座爱尔兰小城的肖像

利默里克的清晨

因为利默里克的名字来源于一个相似的诗作,我想象它是一个欢乐的地方:幽默的诗句,笑靥如花的姑娘,大量的风笛音乐,街道回响着嬉闹声。我们已经在都柏林和利默里克之间的路上看到了许多嬉闹:大大小小的学生们欢快地跑着,他们大多数光着脚,在10月的雨中穿梭。他们大多从小路来,你可以看到他们从篱笆间的泥泞小路一路走来。数不清的孩子们就像水滴聚成了小溪,小溪汇成了溪流,溪流汇成小河。有时汽车从他们中间穿过,就像穿过一条乐意分开的小河,道路将保持几分钟的安静。当汽车穿过一个稍大的村庄,这些水滴又开始聚合。爱尔兰的学生们互相推搡追逐着,他们经常穿着独特的衣服,衣服上布满五彩缤纷的色块,他们所有人,甚至那些不愉快的人,也都是轻松自在的。他们经常这样在雨中漫步数英里,再在雨中回家,拿着他们的曲棍球棒,书本用带子捆在一起。汽车在爱尔兰学生中间行驶了一百多英里,尽管下着雨,他们中的许多人却光着脚,衣着单薄。不过,每个人看起来都是那么快乐。

在德国,每当有人对我说:路是属于汽车的,我觉得是在亵渎神明。在爱尔兰,我多次想说:路是属于牛的。的确,牛被送到牧场,像孩子去学校一样自由。牛群充满了道路，当汽车司机鸣笛的时候，它们却傲慢地转圈走着，这个时候司机展示幽默感、表现镇定、测试技术的机会到了。司机小心翼翼地开向牛群，带点胆怯地驶入牛群屈尊让出的通道，直到赶上领头牛的那一刻，他终于可以踩下油门，庆幸自己逃过了一场危险。更令人兴奋的是：有什么事情比化险为夷更让人兴奋、更能激起人类的感激之情呢？所以，爱尔兰司机常怀感恩之心。他必须不停地为生活、权利和速度斗争；与学生和牛斗争。他永远也不会说出那个势利的口号："马路属于汽车。"爱尔兰绝不会规定路属于谁。而且这些路是那么美丽：树木、墙壁和篱笆。爱尔兰墙壁的石头足可以建造一座巴别塔①，但是爱尔兰的废墟证明了建造那样一座建筑是毫无用途的。在任何情况下，这些美丽的道路都不属于汽车，它们属于那些偶然占用了道路的人或者那些证明自己驾驶技术的人。有些路是属于驴的：驴从"学校"逃学。在爱尔兰有许多这样的驴，它们在篱笆周围啃着草，忧伤地注视着村庄，屁股朝着过往的车辆。无论如何，道路都不是属于汽车的。

我们看到从都柏林到利默里克的路上有很多快活的牛、驴和学生，哪个走进利默里克的人不是想象着它是一个欢乐的城市呢？那里的道路由快乐的学生、得意的牛群、忧愁的驴子主宰着，现在这些道路突然空了，孩子们似乎已经到了学校，牛群到了牧场，驴子们也恢复了秩序。乌云从大西洋上升起，利默里克的大街空荡而寂静，只有门前的牛奶瓶是白色的，那么白。飞翔的海鸥撕碎了灰暗的天空，成群的海鸥分裂开来，一两秒钟之间又形成了一大片白色。苔藓绿色的微光闪烁在8世纪、9世纪或之后所建的古墙上，很难辨别出20世纪的墙与8世纪的墙有什么区别——它

---

① 或称巴贝塔、巴比伦塔、通天塔。《圣经·旧约·创世纪》第11章宣称，当时人类联合起来兴建希望能通往天堂的高塔。

们都布满了苔藓，都是断壁残垣。肉店里红白相间的牛肉闪着光，利默里克学龄前的孩子们在这里展现了他们的创意：吊在猪蹄和牛尾之间，在肉块之间前后荡着秋千，苍白的面庞开怀地笑着：爱尔兰的孩子们真有创造力。但是他们是这个小城里唯一的居民吗？

我们把车停在大教堂附近，漫步穿过阴暗的街道。灰色的香农河(Shannon)① 在古老的桥下奔流而过，这条河对这个幽暗的小城来说太长、太宽、太汹涌。孤寂顿时擒住了我们，在苔藓、古墙和看起来像为死人准备的白色牛奶瓶之间，我们感觉到刺骨的悲凉与荒芜。即便是那些昏暗的肉店里在牛肉之间荡着秋千的孩子们也看起来如鬼魂一般。有一种方法可以对付到达陌生城市时袭来的孤独感：买点儿东西。一张明信片或者一包口香糖，一支铅笔或是几支香烟。手里拿着一点儿东西，通过购物融入小镇的生活中。但是在星期四早上十点半钟的利默里克可以买到东西吗？我们会不会突然从梦中惊醒，发现自己正站在雨中，站在某条公路的汽车旁，利默里克则如海市蜃楼、雨后的海市蜃楼一般都会消失不见的？牛奶瓶是那样令人痛心的白——尖叫的海鸥也不及它们那样白。

利默里克新城与旧城的关系就像西岱岛（Cité)② 与巴黎其他部分的关系一样，利默里克旧城与西岱岛的比例大约是1：3，利默里克新城与巴黎的比例大概是1：200。丹麦人、诺曼底人、最后才是爱尔兰人占领了香农河中这个美丽而忧郁的小岛。灰色的古桥连接着香农河两岸，灰暗的香农河奔流而过。在桥头与岸边相接的地方，一座纪念碑矗立在石头上，或者说一个石头被放在了纪念碑的底座下。在这座纪念碑处，爱尔兰人曾被许诺拥有宗教自由并达成协议，但是这个协议后来被英国议会废除了，所

---

① 爱尔兰主要河流。
② 位于塞纳河中央的一个小岛，面积不到2公顷。

以利默里克有时也被人们称为"废除协议之城"。

在都柏林，人们告诉我们："利默里克是世界上最虔诚的城市。"我们本应该看看日历来弄清楚为什么街道如此空荡，牛奶瓶子没有打开，商店里没有顾客：利默里克在教堂里，在星期四上午11点。突然，在我们就快到达利默里克新城市中心的时候，教堂的门开了，街上挤满了人，牛奶瓶也从门口移开了。这就像是一场征服：利默里克的居民正在占领他们的城市。连邮局也开门了，银行也打开了营业窗口。一切看起来都令人不安地正常了，亲切而富有人情味儿，而5分钟之前我们似乎还漫步在一座废弃的中古小镇之中。

我们买了一些东西用来使自己安心地在这个小镇上生活：香烟、肥皂、明信片和一张拼图。我们吸着香烟，嗅着肥皂，写了明信片，包装好了拼图，高兴地去了邮局。在这里有个小小的插曲——主管邮局的女士还没有从教堂回来，而她的下属不能理清本应理清的事情：将重量为8盎司的印刷品（拼图）寄到德国的邮资是多少？这位年轻的下属恳求地望着圣母玛利亚像，圣母像前的烛光闪烁着，但是玛利亚是那么安静，她只是微笑着。她已经微笑了400年，这个微笑告诉人们：忍耐。这位女士拿出一些奇特的砝码，一个奇怪的天平，把鲜绿色的海关申报单在我们面前铺展开来，她不断地打开、合上关税表，但是答案只有一个：忍耐。我们忍耐着。毕竟，有谁会在10月把拼图板作为印刷品从利默里克寄往德国呢？谁不知道圣母纪念日要有即使不是一整天假期也是半天多的假期呢？

拼图游戏板在信箱里躺了很久以后，我们从辛苦而忧郁的眼神中看到了流露出的怀疑：忧郁闪烁在蓝色的眼眸里，在街上卖圣人像的吉卜赛女郎的眼眸里，在邮局女经理的眼眸里，在出租车司机的眼眸里——环绕着玫瑰花的尖刺正如一把把利剑，刺入这个世界上最虔诚的城市的心房。

利默里克的夜色

被拆封的牛奶瓶立在门口，立在窗台上，苍白的、空空的、脏乎乎的。它们忧郁地等待着清晨的到来，便可以被新鲜的、容光焕发的姐妹们替换；海鸥的白也不足以替代纯真的牛奶瓶那天使般的光彩；海鸥在香农河上挥动着翅膀，河水夹在墙壁之间，流速提高了 200 码；发酸的、灰绿色的海藻布满了墙壁。那是退潮，看起来就像古老的利默里克正不雅地暴露着自己，它提起长裙，展示着平日里被水遮盖的部分；垃圾也正等待着被潮水冲走；昏暗的光洒在赌场里，醉汉们摇摇晃晃地从贫民窟中穿过；早晨在肉店的牛肉块之间荡秋千的孩子们正展示着——这世上有一种程度的贫穷，连安全别针对他们来说也是过于昂贵的：线绳更为便宜，也可以起同样的作用。8 年前曾经便宜却崭新的一件夹克，现在可以作为夹克、大衣、裤子、衬衫为一体的衣服。孩子把成年人衣服的袖子挽起来，用绳子系在腰间。而拿在手中的、像牛奶一样纯洁发光的是吗哪（Manna）①，永远新鲜而便宜，在爱尔兰最偏僻的小村庄也能找得到：冰激凌。玻璃珠滚着穿过人行道，孩子时不时地瞥一眼赌马场，在那儿，父亲正将部分失业金下注到名为"红云"的马匹上。夜幕缓缓降临，越来越浓的夜色使人感到慰藉。这时玻璃珠敲击到破旧的台阶上，这台阶便通向赌马场。难道父亲要去下一家赌场在"灰蛾"②上下注吗？还是再去第三家赌场在"伊尼斯弗利"上下注呢？利默里克旧城从不缺少赌马场。玻璃球滚到台阶下，冰激凌融化了，滴落到排水沟里，雪白雪白的，在那里停留的一瞬间，冰激凌就像泥浆中的星星，但只有一瞬间，之后它的纯真便融化在泥浆里了。

---

① 《圣经》故事中的一种天降食物。以色列人出埃及时，上帝赐给他们的神奇食物。
② 与下面的"伊尼斯弗利"均是马匹的名字。

不，父亲不是要去另一家赌场，他只是去了酒馆。玻璃球也可以弹到酒吧破旧的台阶下，父亲还能再拿出一些钱在酒馆买冰激凌吗？是的，他能。他还有给约翰尼、给派迪、给谢莉娅和莫伊拉、给母亲和姑姑，甚至给祖母也买一份的钱吗？当然，只要他手里还有钱。难道"红云"赢不了吗？当然它会赢的，它必须赢。该死的！如果它输了，那么——"小心点儿，约翰！别那么使劲儿地把杯子放在柜台上，再来一杯吗？"是的，"红云"必须赢。

如果绳子用完了，孩子们左手那瘦削的、脏乎乎的、麻木的手指就起作用了，同时右手猛推着玻璃珠，扔着或滚动着它们。"来吧，内德，给我们尝一口。"突然夜幕中传来一个姑娘响亮的声音。

"今天晚上有祷告，你不去吗？"

咧嘴笑着，犹豫着，摇摇头。

"是的，我们要去。"

"我不去。"

"哎呀，去吧。"

"不去。"

"唉，去吧——"

"不去。"

玻璃珠一次次地弹在酒馆破旧的台阶上。

我的同伴不禁颤抖着，他见证了最凄苦和愚蠢的偏见：衣着褴褛的人是危险的，无论如何比衣着考究的人更危险。至少，他在这里——利默里克约翰王城堡的后面，也应该像在都柏林谢尔伯恩酒店的酒吧里一样颤抖。这些衣衫褴褛的人们恰恰是更为危险的，恰恰他们是和谢尔伯恩酒店酒吧里的那些看起来不危险的人一样危险。这时，一个女人追着一个男孩子跑了出来，女人是一家餐馆的老板，男孩子买了6便士的薯条，在老板看来，男孩从餐桌上的醋瓶里往薯条上倒了太多的醋。

"你这个小坏蛋！你想让我破产吗？"

男孩会把薯条扔在她的脸上吗？不会。他说不出一句话，只是从他那喘着气的小胸腔里发出回答：长长的呼吸声从他那弱小的肺里冒出来。斯威夫特在200年前的1729年就曾写下那篇最刻薄的讽刺文章《一个温和的建议》。文章建议政府将每年大约12万名的新生儿提供给富有的英国人作为食物。文章详尽而可怕地描述了这项计划可以达到的多个目的，其中还包括减少天主教徒的数量。

关于6滴醋的战争还没有结束，女人的手骇人地举得高高的，长长的呼啸声从男孩的胸腔里发出来。漠不关心的人们匆匆走过，醉汉步履蹒跚，孩子们拿着祈祷书跑着赶去参加晚祷告。这时救世主走过来了：他个子高高的，肥胖，臃肿，他的鼻子肯定流过血，嘴和鼻子的地方有瘀斑；他已把保险别针换成绳子了：没有足够的绳子来绑鞋子了，鞋子都裂开了。他走向那个女人，弯下腰，看起来像要亲吻她的手。他从兜里掏出10先令钞票递给她，女人吃惊地接过钱，男人有礼貌地问道：

"女士，可以恳请您把这10先令看作为那6滴醋付的账吗？"

约翰王城堡后的黑暗中弥漫着寂静，脸上沾着血迹的男人突然低声说：

"此外，我能提醒您吗？现在到了晚祷告的时间了。请您向牧师转达我恭敬的问候。"

他摇晃着走了，小男孩也害怕地跑开，只剩下女人自己。突然，眼泪从她的脸庞淌下，她哭泣着跑回了屋子，关上门后，她的呜咽声依然可以清晰地听到。

大海还没有让亲切友好的水上涨，墙壁依旧赤裸肮脏，海鸥还是不够白。约翰王城堡在夜色中冷峻地高耸着，这个旅游景点被 20 世纪的房子所包围，然而这些 20 世纪的房屋看起来比 13 世纪的约翰王城堡更加破旧。破旧灯泡发出昏暗的光比不过城堡巨大的阴影，一切都淹没在恼人的黑暗中。

10 先令买了 6 滴醋！这个践行诗篇而不是写诗的男人付了百分之一千的利息。他去哪儿了？那个黝黑的、沾着血迹的醉汉，那个所有线绳都用在外套上而鞋子开裂的男人。他是不是跳进了香农河？跳进了两桥之间那汩汩流淌的灰色水流——那个海鸥们用来做免费滑道的地方？海鸥仍然盘旋在夜色中，飞落在灰色的水面上，在两座桥之间滑翔，飞上飞下地重复着这个游戏，无休无止，意犹未尽。

教堂里传出阵阵歌声，牧师唱圣歌的声音萦绕耳畔，出租车源源不断地从香农机场带来游客，绿色的巴士从夜幕中摇晃着驶来，酒馆的窗帘后，苦涩的黑啤酒从人们的杯中涌出。"红云"必须赢。

巨大的耶稣之心在教堂里闪耀着红色的光，此时晚祷告已经结束了。蜡烛还在燃烧，流浪者们祈祷着，香火伴着温暖的烛光。这里是如此寂静，教堂看守人匆匆的脚步声都听得见，他束起忏悔室窗帘的声音、他清空奉献箱的声音也都清晰可辨。圣心闪耀着红色的光。

50、60 年甚至 70 年来，人们从这个称为出生地的码头出发，航行在那片曾经发生海难的海洋上，票价会是多少？

干净的公园，干净的纪念碑，黑暗、严肃、端庄的街道，这里诞生了罗拉·蒙黛茨①。源自叛逆时代的废墟还留下些断壁残垣，老鼠在黑色的

---

① 著名女舞蹈演员，深受巴伐利亚国王路德维希一世宠爱。

木板后窜来窜去发出声响，仓库被撬开，留下时光的碎片，裸露的墙上沾着灰绿色的泥浆，黑啤酒涌向"红云"健康的身体，它不会赢的。街道一会儿工夫就挤满了参加晚祷告回来的人群。街道两旁的房子淹没在人群中，变得越来越小。监狱的墙壁，修道院的墙壁，教堂的墙壁，军营的墙壁。一名中卫执勤回来，把自行车靠在自己那座小房子的门边，被孩子们绊倒在门槛上。

在香火、温暖的烛光和一片寂静中，晚祷告的人们久久不愿离去，他们不愿离开红色的耶稣之心，教堂的看守人礼貌地提醒他们该回家了，得到的回应只有摇头。"但是……"那些看守人轻声地说服他们。他们仍然摇头，双膝紧紧地粘在跪凳上。谁又会数清那些祷告、那些诅咒？谁又有一个盖革—米勒计数器①来记录所有集中在今晚的、为"红云"祈祷的祷告？"红云"那四只修长的马蹄上拴着没人能赎回的抵押。如果"红云"真的输了，痛苦必定需要用尽量多的黑啤酒来消解，来使人们重拾希望。弹珠依然敲击着酒馆破旧的台阶，敲击着教堂和赌场破旧的台阶。

过了好一会儿，我发现了最后一瓶纯真的牛奶瓶，就像早晨的牛奶瓶那般纯真。它立在一座紧闭百叶窗的小房子门口，隔壁的门口站着一位老妇人，头发花白，神情慵懒，只有她嘴上的香烟是白色的。我停下了脚步。

"他在哪儿？"我轻轻地问道。

"谁呀？"

"这瓶牛奶的主人，他还在睡觉呢？"

"不，"她安静地说，"他今天移民了。"

---

① 盖革—米勒计数器，是一种用于探测电离辐射的粒子探测器。

"留下了他的牛奶?"

"是的。"

"还亮着灯?"

"灯还亮着吗?"

"您没看见吗?"

我向前探着身子,选择了门上一个黄色裂缝向里面望去,走廊的门把手上搭着一条毛巾,墙上的钉子上挂着一顶帽子,地上摆着一个脏盘子,盘子里还有剩下的土豆。

"他确实走了,没有关灯,不过他们是不会把账单寄到澳大利亚的。"

"他去了澳大利亚?"

"对。"

"那牛奶账单怎么办?"

"他也没有付。"

白色的香烟已经快燃到她的嘴唇,她快步走回了门口。"哦,"她说,"他本应该关上灯的。"

利默里克入睡了,在千万颗念珠之下,在诅咒之下,浮在黑啤酒之上。一个雪白雪白的牛奶瓶守着它,它梦见了"红云"和那深红色的耶稣之心。

第八章

当上帝创造时间时

　　显然，弥撒只有在神父到场之后才能开始。可是对于习惯了欧洲大陆习俗的外国游客来说，神父们（不管是不是在本地）全到场后才能开始放电影，这个习俗还是十分令人震惊的。大家只能寄希望于神父们和朋友的晚餐和聊天不会太长，不会花时间过分怀旧了。以"你还记得吗？"开头的对话是说不完的。还记得那些拉丁文老师、数学老师、更别提历史老师们吗？

　　电影本应在晚上9点就开始，但是这里最善变的就是时间。平时我们说9点左右，哪怕是最不正式的场合，也不会差太多，我们说的9点左右最晚不过是9点半，要不然那就是10点左右了。可是爱尔兰的晚上9点，虽然在海报上写得言之凿凿，但是实在是说谎。

　　令人费解的是，竟然没有人对这件事有任何意见，"上帝创造时间时，"爱尔兰人会说，"他创造了很多时间。"这个说法既合时宜，又实在值得去冥想一下，如果时间是我们处理所有事务的资源，显然我们的资源是足够的，大家总是把"时间有的是"这句话挂在嘴边，谁要是时间不够了，他就成了一个怪人，很可能他把时间偷走了，又在什么地方藏了起来（有多少时间被浪费、被偷走了啊，才能使部队里的士兵们准时的优点如此不正常的出名呢；有多少亿个小时被偷走，才能让他们如此准时啊。更别提世界上有那么多时间不够的怪人，他们看起来简直就像是没有皮肤的人一样恐怖）。

我想还有足够的时间进行打坐冥想，时间早过了9点半，神父们可能刚刚聊到生物老师呢，生物只是门副科而已，快让他们加紧进行吧。当然，就连那些没有把时间用在冥想的人也没有被忽视。电影院里放着音调轻缓的唱片，巧克力、冰糕、香烟都被拿出来贩卖，这里的人们能在电影院里抽烟，这是多好的事啊！没人抗议这件事，总不能在电影院里禁烟吧，要知道，爱尔兰人把看电影看作和抽烟一样有激情的事。

影院的墙上，那几盏暗红的壁灯微微发光，半黑半暗的影院里充斥着热闹集市上的喧嚣。相隔四排座位的人们都可以聊天，隔着八排座位都可以听到开玩笑的声音。前几排那些便宜的座位上传来了孩子们的一阵欢笑，简直跟在学校里才能听到的课间时的声音一模一样。不断有巧克力卖出去，各种品牌的香烟相互交换着，从远处传来一声听起来让人高兴的声音，那是一瓶威士忌被打开的声音。女士们开始补妆了，弄得到处都是脂粉味，甚至还有人放声歌唱起来。那些不喜欢这种感觉的人们，那些认为这些行为、感觉、声音没有什么意义的人，他们还是有时间去冥想的。因为上帝创造时间时，他创造了很多。当然在时间的使用方法上，有人浪费也有人节俭，可笑的是浪费和节俭的人多是同一个人，所以当人们需要把别人送去火车站或医院的紧急时刻，他们一定会有时间。这就像向有钱人借钱那样正常，因为他们有的是时间，上帝把时间藏在了他们的身上，以备他人的不时之需。

　　其实，大家到这里来是要看安·布莱思（Ann Blyth）①，可不是为了来冥想的，当然在这个天国里思考是让人想不到的放松，泥腿子农民、泥煤工和渔民们借着这里的昏暗不断向那些笑容满面的美女、那些白天坐着豪车从其他地方过来的美女们献上香烟和巧克力。一位退了役的上校能在这里和一个邮差讨论一下东印度人的优点和缺点。社会阶级一下子就消失了，唯一不足的就是空气质量了，在这里，香水、唇膏、香烟、粘在衣服上的泥煤，甚至连音乐都是有味道的。音乐闻起来，像是 30 年代那种劣质的性感味道。影院的座位是用上好的天鹅绒制成的，如果你运气不错的话，有的座位里面还能找到几根没折断的羽毛。在 1880 年的都柏林，这种座位也许会被称作优雅的（苏利文②的话剧他们一定看过不少，还有叶芝、辛格③、奥卡西④以及萧伯纳⑤早年的作品）。影院座位的气味是那种让吸尘器和刷子也无可奈何的又坚又硬的天鹅绒的奇怪气味。这座电影院还没正式建好，所以自然还没有排气设备。

　　好吧，也许神父们还没有聊起生物老师呢，没准他们是在讨论学校清洁工们（又一个说不尽的话题），也许是在回忆他们第一次抽烟的场景呢。谁要是觉得空气不清新了，可以到影院门外去，靠着墙待几分钟。天气又晴朗又暖和，现在还是看不见 12 英里外克莱尔岛上的灯塔。向远方眺望，越过温和的大海，能看到三四英里外的康尼马拉和戈尔韦的海岸线山脊。向右望去，西边可以看到高高的悬崖，那里就是欧洲最西面的两英里领地。这就是欧洲和美洲之间最后的一段距离，这里的荒凉，像是特意为女

---

　　① 美国女演员，13 岁在百老汇演出《守卫莱茵河》，17 岁到好莱坞拍片，在《欲海情魔》中扮演女儿一角，获 1945 年奥斯卡最佳女配角金像奖提名。

　　② 原文为 Sullivan。

　　③ John Millington Synge（1871—1909），爱尔兰剧作家。

　　④ Seán O'Casey（1880—1964），爱尔兰剧作家。

　　⑤ George Bernard Shaw（1856—1950），爱尔兰剧作家。

巫的安息日而打造的，这里到处是荒凉的沼泽地。海岸边的山脉足足有海拔 2000 英尺，在我眼前铺满了沼泽和苔藓的山谷里，有一块已经被开垦了的土地，那里有一座灰色的大别墅。"抗议上尉"① 就住在这里，这里的人民为他而发明了"抗议"这个词。这里就是一个新单词的诞生之地。从那里往上走几百英尺，可以看到一架飞机的残骸。那些美国飞行员仅仅计算错了不到一秒钟的时间，误以为他们成功到达了大西洋上，到了和他们的故乡平行的海平面上，可他们没有看到欧洲最西边的山脉，就是这欧洲的最后一角，让他们葬身异国他乡。大海一片蔚蓝，变幻着层次和形状，在这一片蓝色中有许多各种颜色的小岛，那些绿的有些像沼泽地，黑的像断掉的牙根从大海中伸出来。幸运的是（或者说不幸，我也不知道哪个更合适），神父们从他们对中学时代的回忆中抽出身来，来到这里，欣赏海报上承诺过的美女安·布莱思了。影院墙上的灯灭了，低价的座位上那好像课间一样的吵闹声也消失了。这个无阶级社会陷入安静地等待当中，妙不可言的电影就这样上映了。那些只有三四岁的小孩子会不时地尖叫，可能是手枪的枪声太真实的缘故。人物流出的鲜血也太真实了，血液顺着女主角的额头流了下来，流到了女主角的玉颈上。这么漂亮的玉颈，一定要被子弹射穿吗？当然这一切都不是真实的，不必害怕的，孩子们只要吃几块巧克力，痛苦就会和巧克力一起消失在嘴里。在电影结束的时候，大家都感到那种童年之后就没有过的感受，很像是巧克力吃多了、糖果吃多了之后那种异常刺激的偷食禁果的感受。紧接着糖果的，是一段激情四溢的电影预告片，影片是黑白的，在充满了赌博的地区，强硬而瘦弱的女主角，丑陋、秃头的男主角，当然，子弹横飞的枪战也是必要的，看

---

① 原文为 Captain Boycott。

来往 3 岁孩子们的嘴里放巧克力又是少不了的。这部场面宏大的电影，足足放了 3 个小时。壁灯被点亮了，大门被打开了。人们脸上呈现的是每次看完电影后的典型表情，有一点点不好意思，但又面带微笑，有些对自己不自愿的情感投入而感到不安。属于时尚杂志封面的美女们又上了豪车，那些带着血色的大尾灯不停地闪烁着，飞驰到宾馆去了。矿工们拖着沉重的身躯回到他们的破房子去了。大人们都很安静，说个不停的是孩子们，他们互相讨论着电影的情节。已经到了凌晨，克莱尔岛的灯塔已经照亮了这里的一切，原来浅蓝的山影已经呈现深黑色。沼泽地里，远方闪着一盏一盏泛黄的灯光，那里的祖母、母亲、丈夫和妻子们等待着，等着被告知他们两三天之后也要来看的影片的故事情节。他们会一直守在炉火前到两三点。要知道，上帝创造时间时，他创造了很多。

在这温暖的夜里，毛驴们叫了又叫，传递着它们那令人费解的歌声。它们的噪音就像是没上润滑油的门闩和生锈的水泵的声响，让人实在难以参透，浑厚而抽象，根本听不懂，是无尽痛苦的告白，却又不是那样过分。路过的自行车的声音，活像是站在黑暗里的电线上的蝙蝠们发出的声音。当然，在这安静的夜里，最终只剩下了路上行人轻轻的脚步声。

第九章

关于爱尔兰的雨的思考

爱尔兰的雨是纯粹的，是雄伟壮观的，也是骇人的。把这里的雨叫作恶劣的天气就好像把烈日骄阳称作好天气一样是不适当的。

把这里的雨称作恶劣天气也是可以的，只不过它其实不是恶劣天气，只是一种天气，在这个国家天气本来就是恶劣的。这可以提醒我们，雨的组成元素是水，雨是落下来的水，只不过这种水是坚硬的。在战争中，我曾经亲眼见到一架起了火的飞机，坠落在大西洋海滩上。飞行员挣扎着跳出了马上就要爆炸的飞机。我好奇飞行员为什么不驾驶飞机在海面上降落，他说："因为海水比沙子还要硬。"

我从来没有信过他的答案，可是现在我信了，海水确实是很硬。

这方圆三千多英里的广阔大西洋里到底有多少水？这大西洋里的水长期只能落在大西洋里面，如今第一次快乐地降落到了人间，降落到了人身上、房屋上和其他坚硬的地方。雨水不断降在海水里有什么快乐可言呢？

当灯光突然灭掉的时候，第一波雨水冲击从门槛下汇集进来，它是细滑的、安静的，在壁炉的照射下散发着光亮。被小孩子乱扔的玩具、木塞和积木都浮了起来，并向水流当中漂移过去，惊喜的孩子们跑下楼去围在壁炉前（惊喜而不是害怕，孩子们知道，这风雨的声音是快乐的声音），后来他们才知道，也许我们见到的雨并不比诺亚在方舟上见到的要小。我这样疯狂的大陆人，会把房门打开，窥探门外到底出了什么事。的确有大事发生了，不光是屋顶的水槽和下水管道，就连四壁也无法让人放心（爱尔兰的房屋大多是临时建造的。当然，只要住户不想搬家，人们就会一直住在这里。而大陆上的建筑是坚固的，虽然人们在建造时不知道下一代人是不是还会住在这耐久的房子里）。

就像一个海员为风暴来临做准备一样，在身边常点着蜡烛，再带本《圣经》和一瓶酒，当然是一件好事。当然，扑克牌、香烟、妇女的织衣针和羊毛线也是必需的，这些暴风雨里的风很大，雨水当然更大了，至于晚上更是长夜漫漫。玻璃窗上，第二波雨水袭来了，两波雨水汇到了一起。玩具和木塞顺着水流漂到窗子旁边时，你当然想翻开《圣经》，查查是否还会有毁灭世界的大洪水①也是极好的。可是，真正的情况却是这样的：你会再点上蜡烛，再点上一根香烟，不断地洗着扑克牌，或者再倒上一杯威士忌，在暴风雨中迷失自己，听着窗外的风声大作，任由织衣针上下飞舞，消磨着时间。世界末日估计是不会再来了。

过了很久，我才听到了叫门声，最初我还觉得是哪扇门没锁好，后来我觉得是暴风雨的怒吼，最后我们才反应过来，这是人类的双手发出的声音。欧洲大陆人是多么天真啊，从我的这些想法中可以窥见：我觉得，这应该是个发电厂工人。这就像是在大海上等待着，以为法庭书记员会出现一样可笑。

我们把门打开了，一个湿漉漉的轮廓进来了。我们关上门，他却还站

---

① 《圣经》中关于大洪水的故事。

在那里不动。他的纸箱子全部被打湿了，雨水从他的衣袖、皮鞋和帽子上不断流了下来，甚至看起来眼眶里也有水流下来，他很像是刚刚装备齐全地参加了救生员比赛，可惜，这位先生并没有真的获得这样的机会。他不过是刚从公共汽车站步行了五十步而已，他错把我们这儿当作旅馆。他的职业是一家都柏林律师事务所的文书。

"这鬼天气还有公共汽车?"

"是，"他回答，"有的，不过会晚点，而且比起开车更像游泳。这真的不是旅馆吗?"

"不是，但是……"

他的名字叫德莫特，当他把全身擦干净后，他证明自己是一个熟读《圣经》的好教徒，还是个扑克高手，讲故事水平很高、能喝威士忌的人。他还能给我们演示如何使用壁炉，不仅能把陶瓷罐里的茶水迅速煮好，还能用同样的方法把羊肉烤好，还有怎样用叉子把面包烤好，虽然这些技能的优越性刚开始我不是很清楚。第二天早晨，他向我提起，他还会讲一些德语，这是因为他曾经是德国的俘虏。他向小孩子们讲述了他在施图特霍夫集中营里，埋葬撤离时死掉的吉卜赛儿童的经历。我的孩子们对此难以忘怀，当然也不该忘怀。"那些孩子就这么点儿大。"他用手比画给孩子们看，当时的他，挖开那冰冷如铁的土壤，就地把尸体葬在了那里。

"为什么他们一定要死呢?"其中一个孩子问道。

"他们是吉普赛人。"

"这可不是让人去死的好原因。"

"确实，"他说，"这的确不是让人去死的好原因。"

我站起来，外面已经有光亮了，这时候门外的世界格外安静。暴风雨已经离我们远去，太阳再一次越过地平线，壮观的彩虹出现在大海上方，感觉离我们特别近，简直可以望到它的内部了。彩虹看起来特别纤细，就像泡泡一样吹弹即破。

我们走上二楼的卧室，这时候，木塞和积木还在水中漂浮着呢。

第十章

世界上最美的脚

　　为了让自己不再担心，医生的年轻妻子开始缝纫，但是很快她便把针和毛线团扔到沙发的角落里；她打开一本书，读了几行，合上书；她给自己倒了一点儿威士忌，沉思着小口喝完了这杯酒，打开另一本书，又合上；她叹了口气，拿起电话听筒，又放回去：能给谁打电话呢？

　　她的一个孩子在梦中嘟囔着，这个年轻的女人轻轻地穿过走廊来到孩子们的卧室，再次给孩子们盖了盖被子，为这 4 个孩子抚平了床单和毯子。在走廊里，她停在了一幅大地图前，地图已经泛黄发旧，布满了神秘的记号，看起来像放大了的金银岛①地图：群山被海洋环绕着，泛着深棕色，就像红木一般，浅棕色的山谷，黑色的道路和小径，小村庄周围的小块耕地是绿色的，到处可见海水在海湾处深入陆地；小十字架们：教堂，小教堂，墓地，小海湾，灯塔，海边悬崖。慢慢地，女人涂着银色指甲的食指随着一条道路移动着，这是她丈夫两小时前离开时所走的路：一座村庄，两英里的沼泽；另一座村庄，3 英里的沼泽，一座教堂。女人在自己胸前画着十字，好像她自己正开车经过教堂一样。5 英里的沼泽，一座村

------

　　① 《金银岛》是英国作家史蒂文森的代表作，故事起源于作者所画的地图。

庄，两英里的沼泽，一座教堂——一个十字架的标志。加油站，泰迪·奥玛丽酒吧，贝克特商店，3英里的沼泽。慢慢地，银色指甲像一辆闪亮的玩具汽车跨过了地图，停在了松得海峡上，一条浓黑色的线标志着高速公路在大桥上通过，直达大陆。然而这条她丈夫的必经之路，现在只是一条细细的黑线，沿着岛的边缘和边缘附近的地方行进。地图上这里是深棕色的，海岸线参差不齐就像心律不齐患者的心电图。有人用圆珠笔在表示海的蓝色区域上写道：200英尺——380英尺——300英尺。每个数字旁边都画着一个箭头表明这些数字不是海的深度，而是海边悬崖的高度，道路就蜿蜒在悬崖上。银色指甲一次又一次地停下，这个年轻的女人熟知路途的每一段。在这个绵延6英里的海岸线上有唯一的一座房子，她经常在那里陪伴丈夫。阳光明媚的日子里，游客们喜欢驾车来这里旅行。其中有几公里的路段，在车上可以垂直向下看到汹涌的银白色的海洋，使人们不禁颤抖，一个不留神，汽车就会从悬崖上坠落下去，许多船只都沉没于此。路面潮湿，散落着石子和岩石，老绵羊成群横穿马路的地方布满了羊粪。突然，女人的手指停下了，路面陡然下降，进入一个小海湾中，又在另一端升起。海水咆哮着涌入一个海底悬崖似的峡谷中。几百万年来，这股洪流深深地吞噬着岩石。接着，手指又停下了，这里曾经是个小公墓，专门安葬未受浸礼的孩子。现在只能见到一个墓碑，墓碑由一块块的石英镶边，其他的尸骨都已经被海水冲走。现在，汽车正小心地驶过一座破旧的老桥，桥两侧的栏杆已经不见了。汽车转弯，在前车灯耀眼的光亮中看到一个等待的男人正挥舞着双臂：在这个偏僻的地方住着艾旦·麦克纳马拉，他的妻子今天晚上即将分娩。

　　医生的年轻妻子打着哆嗦，摇着头，慢慢走回客厅，给壁炉加了一些煤，拨了拨红亮的余火，火焰跳了起来。她抓起针线包扔到了沙发的角落，站起来，走到镜子前，站在那里沉思了半分钟，低下头，又突然抬起头，观察自己的脸：她如孩童般的面庞在浓妆下看起来更似童颜，几乎像个洋娃娃，但是这个洋娃娃已经是四个孩子的母亲了。都柏林距离这里太遥远了：格拉芙顿大街、奥康奈尔大桥、码头、电影和舞蹈、艾比剧院……每个工作日的上午 11 点，弥撒在圣泰瑞莎教堂进行，必须提前到才能找到座位。女人叹着气回到了壁炉旁。难道艾旦·麦克纳马拉的妻子必须在夜里分娩吗？而且还总是在 9 月？不过艾旦·麦克纳马拉 3 月到 9 月在英格兰工作，只在圣诞节期间回家。他用 3 个月的时间，将泥炭切块，粉刷房子，修理房顶，偷偷地在蜿蜒的海岸边钓鱼，寻找一些航海时船舶丢弃的货物，也为了孕育下一个孩子。所以艾旦·麦克纳马拉的孩子总在 9 月出生，大概在 23 号左右：圣诞节之后 9 个月，也是暴风雨频发的季节，愤怒的泡沫使海面雪白一片，绵延数里。也许艾旦现在正站在伯明翰的某间酒吧里，像每个充满期望的父亲一样焦虑不安。他责怪妻子的固执，他的妻子不愿搬离那个偏僻的住所。她有一头乌黑的头发，是一个胆大无畏的美丽女子，她的孩子们都在 9 月里出生。在村子里一片年久失修的房子中，她们家的房子是唯一没有被废弃的。海岸上的这一处美丽景色令人苦恼，因为在阳光充足的日子里，在二三十英里的区域内都见不到一处房屋。只有蔚蓝的苍穹、岛屿和海洋。房子的后面矗立着一座秃山，有 400 英尺高，距离房子 300 步远的地方，海岸足足下降了 300 英尺。海岸上散落着黑色的裸露的岩石、峡谷，山洞深入岩石足足有 50 码或 70 码。暴风雨来临的时候，海浪从这里拍起，惊心动魄，暴风雨就像一支巨大的白色手指，把岸边的房子一个挨一个地卷走。

从这里走出去以后，诺拉·麦克纳马拉到纽约的伍尔沃斯商店销售尼龙制品，约翰成了都柏林的一名教师，汤米成了罗马的一名耶稣会会士，布丽吉德结了婚在伦敦生活——只有玛丽固执地守着这个毫无希望的、荒凉的地方。在这里，四年来，每到九月她都会生下一个孩子。

"24 号到我家来，医生，我肯定你不会白来。"

不出 10 天，她将挂着父亲的破旧的圆头拐杖，走在陡峭的悬崖边，看管自己的羊群，并且提防着那些为沿海居民制定的条款，实际上这些条款只是彩票的代替品（当然他们自己也有票证）。她以沿海居民敏锐的眼光寻找扔弃的货物，当她发现某个物体的轮廓或者颜色不是石头时，她的眼睛就像双筒望远镜一样敏锐。她了解这 6 英里的海岸上的每一块巨砾、每一块石头，了解潮涨潮落中的每一块礁石。在去年 10 月这一个月里，猛烈的暴风雨之后，她发现 3 捆天然橡胶，她把它们藏在高水位以上的洞穴里。几个世纪之前，她的祖先就把柚木、铜、桶装白兰地等所有的船上的装备藏在这里，以躲避海岸警卫的视线。

涂着银色指甲的年轻女人笑了，她喝了第二杯威士忌，一大杯，终于平息了她的不安。她喝完每一口后都要停下来思考，因为这种烈酒不仅影响思考的深度，还影响着思考的广度。我不是自己生下了四个孩子吗？我的丈夫不是前三次在九月的夜晚驾车都平安回家了吗？

女人又回到了走廊里，门开着，她又听了听孩子们安静的呼吸声。她笑了，又将涂着银色指甲油的手指放在了老地图上，一边挪动手指一边盘算着：丈夫在打滑的路上开车半个小时到松得海峡，45 分钟到艾旦·麦克纳马拉的家，如果孩子如期出生的话，如果邻村两个女人已经到了的话，大概两个小时的分娩，半小时的时间喝杯茶，可能是一杯茶也可能是丰盛的一餐。另加 45 分钟，再加上半个小时的返程，一共是 5 个小时。约翰 9 点钟出发，所以两点左右她应该能看到丈夫汽车的前照灯出现在环山的公路上。年轻的女人看着自己的手表：刚刚过了 12 点半。又一次，银色手指慢慢地跨过地图：沼泽，村庄，教堂，沼泽，村庄，被炸毁的营房，沼泽，村庄，沼泽。

年轻女人回到壁炉旁，添了些泥煤，戳了戳，站起来想了想，拿起了报纸。头版是个人通告：出生，死亡，订婚。还有一个特别专栏叫作为"悼念"："深切悼念亲爱的莫伊拉·麦克德莫特，她于一年前死于蒂珀雷里。仁慈的耶稣，请宽恕她的灵魂，愿思念她的人为她祈祷。"两个专栏，40 遍，银色指甲的年轻女人为乔伊斯和麦卡锡一家、莫洛伊一家以及加拉赫一家祈祷着"仁慈的耶稣啊，请宽恕她，请宽恕她"。接下来看到的是关于银婚、戒指丢失、找到钱包和官方通告的信息。

7 位修女即将出发前往澳大利亚，6 位修女去北美，她们对着媒体摄影师微笑着。27 位刚刚被授予神职的神父对媒体摄影师微笑着。15 位对移民问题提出建议的主教也和他们一样对摄影师微笑着。

第三版报道了一头种公牛繁衍多头获奖公牛的故事。接下来就是马林科夫、布尔加宁和谢洛夫。她翻到下一版：一只获奖的绵羊，它的两角之间顶着一个花环；一个在歌唱比赛中获得了一等奖的女孩向媒体展示着她漂亮的脸蛋和丑陋的牙齿；一家寄宿学校的 30 个毕业生在 15 年后重聚——他们当中的一些人胖了，一些人可以从合影中明显地看出身材修长苗条，即使在报纸的照片上她们的浓妆依然清晰可见：嘴唇就像涂上了墨汁，眉毛像是精致有力的笔触。这 30 个女人聚集在一起，做弥撒、喝茶、晚上做祷告。

三组每日漫画连载：《瑞普·克贝》《赫白龙·卡西迪》《朱丽叶·琼斯的心》。朱丽叶·琼斯真是铁石心肠。

不经意间，当她的眼前几乎充满了电影广告的时候，年轻女人读到了一篇关于西德的报道：《在西德，人们如何利用信仰自由》。在西德的历史上第一次——这个女人读到——有了完全的宗教自由。可怜的德国人，女人心里想，她又加了一句"仁慈的耶稣，请宽恕他们"。

看完电影广告，女人的眼睛渴望地盯着一个题为"婚礼钟声"的专栏。那是一个长长的专栏。德莫特·奥哈拉娶了西沃恩·欧莎纳西。双方父母、伴娘、伴郎以及证婚人的职业和地址都详细列出。

年轻女人叹了口气，悄悄地希望一个小时已经过去了。她看了一下手表，但仅仅过了半个小时，她又低下头看向报纸。看到了旅游广告，目的地有罗马、卢尔德、利雪、巴黎的巴尔克大街、凯瑟琳·雷柏之墓。只需几先令就可以把自己的名字题写在《金色祈祷书》上。

窗外下起了暴风雨，可以清晰地听到海浪的咆哮声。年轻女人把报纸放到一边，起身走到窗口，向窗外的海湾望去。礁石像古老的墨水一样黑，虽然一轮满月挂在天际，但这种清晰、冷峻的月光也不能穿透大海：月光只是浮在海的表面，就像水附着在玻璃表面一样，给海滩染了一层薄薄的铁锈色。月光撒落在沼泽上，像发了霉一样，轻柔的光照进海湾，黑色的小船摇曳着…

当然，为玛丽·麦克纳马拉也祈祷一些"仁慈的上帝，请宽恕她吧"并无坏处。现在苍白又自豪的脸上有了点点汗珠，以某种令人费解的方式表达着坚强与善良：牧羊人的脸，渔夫的脸，也许圣女贞德①看起来就是这样……

年轻女人转过脸来不再看着冰冷的月光，她抽了根雪茄，决定不再喝第三杯威士忌。她又拿起了报纸，眼睛随意地浏览着，脑海里回荡着一个声音"仁慈的耶稣啊，请宽恕她"。她浏览了体育版、市场报告版、船舶

———————
① 圣女贞德是英法百年战争中的法国传奇女英雄，带领法军抵抗英军入侵，后被捕并处死。

进出港版，但她心里还在想着玛丽·麦克纳马拉：大铜锅架在泥炭的火焰上，里面烧着水。这个金红色的大锅跟孩子的浴缸一样大，据说是玛丽的一个祖先从西班牙无敌舰队的残骸里打捞上来的，也许是西班牙军人用来酿造啤酒或做汤用的。圣像前面，油灯和蜡烛燃烧着，玛丽的双脚寻找着支撑，用力踩着床边滑动着。这时，你可以看见她的双脚：雪白、灵巧、强壮，是医生年轻的妻子所见过的最美的一双脚。她曾见过许多脚，在都柏林的整形外科诊所，在她假期里曾经打工的专治足疾的诊所，那些人有着可怜的、丑陋的双脚，他们再也不能使用自己的双脚了。每到夏季，游客前来观光时，这个年轻的女人在海滩上曾经见过许多赤脚的人：在都柏林、基里尼、罗斯贝、森迪芒特、马拉海德、布雷和这里，但从未见过像玛丽·麦克纳马拉这样美丽的双脚。应该有人创作一首民歌来赞美玛丽的双脚，她想着叹了一口气。这双攀越岩石峭壁、艰难跋涉沼泽、走过漫漫长路的双脚。现在这双脚正紧紧地绷着，蹬住床边，用力把孩子生出来。我从未见过这样美丽的双脚，即使是在电影明星身上，这无疑是世界上最美丽的一双脚：雪白、灵巧、强壮，几乎和手一样灵巧，与雅典娜①和圣女贞德的脚一样美丽。

　　渐渐地，年轻女人又回到广告页上：房屋出售。她数到70，这意味着有70个移民，有70个理由向仁慈的上帝恳求。房屋求购启事：两则。噢，胡力汉的女儿凯瑟琳，你对你的孩子们都做了些什么！农场出售启事：九则；农场求购：无。想度过一个修道院式假期的青年男女……英国医院招聘护士：待遇优厚，可享受带薪假期，另加每年一次免费回家探亲。

---

　　① 雅典娜是古希腊宗教和神话传说中的智慧女神和战争女神。

　　她又看了一眼镜中的自己，刚刚精心涂好的口红，眉毛修长，右手的手指上有少量的银色指甲油，因为手指在地图上的旅行使指甲油掉了不少。她涂上了新的指甲油，又来到了走廊，又开始了在地图上的旅行，目的地是拥有世界上最美丽的脚的女人的家。女人的手指在那里停留了很久，回想起了那个地方：六英里的陡峭的悬崖，夏日里凝望无边的苍穹，岛屿浮在海面上就像是想象中的幻景，海岛永远被咆哮的海浪包围着。岛屿似乎是不真实的：绿色、黑色；海市蜃楼令人伤心，因为它并不是海市蜃楼，因为它不允许欺骗。还因为艾旦·麦克纳马拉必须在伯明翰工作，以便他的家人能在这里生活。不是所有西海岸的爱尔兰人都像游客一样，从外地挣来生活的来源吗？远处的海洋是坚硬的，海岛在海面上犹如一块块玄武岩。间或，非常少见，出现一只黑色小船：人。

　　海浪的咆哮声令年轻女人感到害怕：有时她多么渴望——在秋天，在冬天，当暴风雨持续数周，海浪咆哮数周，雨不停地下——渴望看到小城那黑漆漆的城墙。她又看了一眼手表：快一点半了。她走向窗户，看着这轮满月高悬在海湾西部边缘的天空中。突然，丈夫汽车的灯光出现了，她无力的双臂无处支撑，汽车灯光蜿蜒穿过灰色的烟雾，起伏不定——汽车几乎到了山顶，光从山顶射下来，先投射到村子的房顶上，又向下投射到路上。还有两英里的沼泽、村庄，然后是鸣笛三次，紧接着又鸣笛三次。这个时候，村里的每个人都知道了，玛丽·麦克纳马拉生了个男孩，准时在 9 月 24 日和 25 日之间的夜晚分娩。这时邮政所所长从床上跳起来，给伯明翰、罗马、纽约和伦敦发电报。他再次鸣笛，告诉住在上部村庄的人们——鸣笛三次，玛丽·麦克纳马拉生了个男孩。

　　现在她可以听到引擎的声音了，更大、更近，前车灯在白墙上打出了清晰的棕榈叶影子，淹没在还没长成的夹竹桃中。车停下了，从窗口射出的光中年轻女人看到了一个巨大的铜锅，这个据说是来自西班牙无敌舰队的铜锅。她的丈夫笑着把锅举起来让所有的光都照在上面。

"一笔慷慨的酬金。"他温柔地说，女人关上了窗户，又看了一眼镜子，倒满两杯威士忌：为世界上最美的脚干杯！

第十一章

在公爵大街上死去的印第安人

　　一个爱尔兰警察不情愿地举起手来拦下了这辆车。他也许是某个国王的后代，或是某位诗人的孙子，或是某位圣人的侄孙，尽管他看起来是一位法律的捍卫者，但是他也有可能另外还持有一支属于自由战士的非法手枪，就放在家里的枕头下面。但是他在这里起的作用，与他的妈妈为摇篮里的他所唱的千万首歌曲完全不同：检查驾驶证上的姓名、地址与登记条上的是否一致——这是一个多么愚蠢、丢人的职业，对于国王的后代、诗人的孙子或是圣人的侄孙来说。相对于悬挂在自己臀部的那支合法手枪来说，他更喜欢这支非法手枪。

　　所以他不情愿地沮丧地拦下了这辆车，车里的爱尔兰男人摇下了车窗，警察一笑，爱尔兰男人一笑，官方对话便开始了：

　　"今天天气不错，"警察说，"你好吗？"

　　"噢，还不错，你呢？"

　　"不怎么样，但是今天天气不错，不是吗？"

　　"非常不错，或者你认为要下雨了吗？"

　　警察严肃地望望东边、北边、西边和南边。他神情严肃地转了头，闻了闻空气，表达了对指南针上只有四个方向的遗憾，如果能盯着有十六个方向的指南针该有多好，接着他沉思着转向司机。

"肯定会下雨，你看，我大女儿生她最小孩子的那天，一个有着棕色的头发和眼睛的可爱小男孩，一双棕色的眼睛！我告诉你，那天，是三年前了，就在这个季节，我们也以为那是个好天气呢，但是下午就下起了倾盆大雨。"

"是呀，"司机说道，"当我儿媳妇——我二儿子的妻子——生第一个孩子的时候，一个有着金色头发和明亮蓝眼睛的美丽小女孩，一个可爱的孩子，相信我！那天的天气跟今天特别相似。"

"还有我妻子拔掉牙齿的那天。早晨下雨，中午阳光灿烂，晚上又下起雨来。凯蒂·考弗兰刺杀圣玛利亚大教堂的牧师那天的天气就是这样……"

"他们最后查出来为什么她那么做了吗？"

"她刺伤他因为他不给她赦罪。她在法庭不停为自己辩护说：'您难道希望我满身戴罪死去吗？'就在那一天，我二女儿的第三个孩子长出了第一颗牙齿，我们总是庆祝长出牙齿。那时我正在都柏林的瓢泼大雨中徘徊，寻找凯蒂。"

"你找到她了吗？"

"没有，她在警察局坐着等了我们两个小时。可是那儿却没人，我们都在外面找她。"

"她流露出一些懊悔了吗？"

"丝毫没有。她说：'我设想他会直接上天堂。他还想要什么？'那天也是糟糕的一天，那天汤姆·达菲送给动物园的熊一只巧克力兔子，那是他从伍尔沃斯偷来的。50英镑的纯巧克力，动物园里的动物都兴奋起来，因为熊的吼叫简直让它们疯了。那天阳光明媚，一整天，我想带我大女儿家的大女儿去海边玩，但是我得逮捕汤姆。他正在家里的床上睡觉，听起来是睡着了，你知道我叫醒他的时候这家伙说什么吗？你听说过吗？"

"我不记得了。"

"'该死的，'他说，'为什么那些奇特的巧克力兔子是伍尔沃斯的呢？你们甚至都不让一个老家伙安稳地睡一会儿。'噢，愚蠢荒唐的世界，这里对的东西总是属于错的人。那是奇妙的一天，我还不得不逮捕老汤姆这个傻瓜。"

"是啊，"司机说，"我小儿子入学考试不及格那天也是一个特别好的天气……"

如果将他们的亲戚的数量乘以他们的年龄，再把这个计算结果乘以365，你就能大概得出关于天气话题的可能性的数量。你永远搞不清楚哪一个更重要：凯蒂·考弗兰的谋杀案还是那一天不寻常的天气。你永远也不清楚谁是谁不在现场的证明：下雨是凯蒂的见证，还是凯蒂是下雨的见证，这永远是个争论的话题。一个被盗的巧克力兔子，一颗取出的牙齿，一次没通过的考试，这些事情在这个世界上都不是孤立的，它们是天气历史上的重要组成部分，它们属于一个无限神秘、无限复杂的坐标体系。

"那天也是个糟糕的天气，"警察说，"那天一个修女在公爵大街上发现了一个死去的印第安人，那天下了暴风雨，风雨抽打着我们的脸，我们把那家伙运到了警察局。那个修女一路上一直走在我们旁边为这个可怜的灵魂祈祷。雨水灌进了她的鞋子，风太大了吹起了她重重的湿衣服，在那一瞬间，我看见了她穿着的深棕色衬裤，还有衬裤上的粉色毛线绣花……"

"他是被谋杀的吗？"

"那个印第安人？不不，从来没有人查出来他从哪儿来，他是哪里人，他的体内没发现任何毒药，身上也没发现任何暴力迹象。他死的时候手里紧握着他的战斧，脸上涂着作战用的油彩，穿着战服。我们一直没查到他的真名是什么，我们叫他'我们来自天上的红色兄弟'。'他是个天使，'那个修女抽泣着说，她不肯从他身边离开。'他肯定是个天使，从他的脸上就看得出⋯⋯'"

警察的眼睛开始闪烁着光芒，他的脸因为喝了威士忌有几分肿胀，脸上呈现出严肃的表情，看起来瞬间年轻了不少。"真的，我仍然相信他是个天使，否则他还能从什么地方来呢？"

"真有意思，"司机对我耳语道，"我从来没听说过那个印第安人。"

我开始怀疑这个警察不是诗人的孙子，而他本身就是个诗人。

"一个星期以后，我们把他抬去了墓地，因为我们一直在寻找可能认识他的人，但是没人认识他。最值得注意的一件事是那个修女也突然消失了。还记得风掀起了她重重的湿衣服，那时我看见了她棕色衬裤上的粉色毛线绣花。当然了，如果警察要检查爱尔兰所有修女的衬裤的话，街上就糟糕了。"

"你们看见了吗？"

"没有，"警察说，"我们从没有见过衬裤。我确定那个修女也是个天使。你知道我真正思考的是什么吗：她们在天堂穿不穿绣花的衬裤。"

"你为什么不问问大主教呢？"我的爱尔兰伙伴说，他又把车窗向下摇了摇，掏出来一包香烟，警察拿了一支。

这个小小的礼物仿佛提醒了警察他的本职工作、他无聊的现实生活。他的脸瞬间又变得苍老、肿胀且沮丧，这时他问道：

"顺便问一下，我能看看您的证件吗？"

　　司机几乎都没有试着假装寻找一下——当我们企图寻找某样东西却明知道它不在那儿的时候所表现出的那种紧张，只是说："噢，我落在家里了。"

　　警察毫不在意，"哦，"他说，"我想你的脸就是你的证件。"

　　这辆车是不是他的显然已经不那么重要了，我想。我们继续向前驶去，我们沿着壮丽的大街前行，路过雄伟的废墟，但是我几乎没有看见它们。我一直想着被修女发现的在公爵大街上死去的那个印第安人，我清晰地看到了他们：在一场雷电交加的暴风雨中，一对天使——一个画着战争妆容，一个穿着有粉色绣花的衬裤。我看到他们，比那些我亲眼所见的壮丽的大街和雄伟的废墟还要真切。

第十二章

凝视着火

　　拥有自己的泥炭坑①是件乐事：都柏林的奥杜诺凡先生就有一个，都柏林的奥涅尔家、莫洛伊家和戴利家都有泥炭坑。在休息日（休息日有很多）奥杜诺凡先生只需带上铲子坐 17 路或 47 路公交车直奔自家的泥炭坑。车票是 6 便士，他的袋子里装着一些三明治和一瓶茶，他可以在自己的领地里挖泥煤，卡车或驴车会将他的泥煤运回城市。对于其他郡的他那些同胞来说，就更简单了：泥煤几乎长到他们的房屋里来了。阳光灿烂的日子里，墨绿色的秃山上人们如在丰收季节里一样繁忙。在这里，人们正在收集几个世纪以来在岩石、湖泊和绿绿的草地之间的潮湿造就的资源——泥炭。这是这个国家唯一的自然财富，几个世纪以来，这个国家被剥夺了森林，不是每天都有面包却几乎每天都下雨，尽管雨很小。在阳光明媚的天气里，有一小朵云彩从天边飘来——半开玩笑吧——也会像海绵一样挤出点水来。

　　在每一家的房子后面，都会有一大堆风干的大块褐色"蛋糕"。这些"蛋糕"有时比屋顶还高，因此有一件事就有保障了——壁炉里的火。红

---

① 一种经过几千年所形成的天然沼泽地产物，是煤最原始的状态。

色的火焰舔舐着乌黑的大块泥炭，留下灰白的灰烬，轻盈无味，就像雪茄灰——黑巴西①上的白尖。

壁炉的火使得最不招人喜欢（也是最不可缺少）的一种文明交际物件显得多余了——烟灰缸。每当客人们把在房子里花费的时间都捻碎在烟头里放到烟灰缸中，然后由家庭主妇们把这些臭烘烘的脏东西倒掉时，烟灰缸里总会留下既难闻又难以去除的灰黑色脏东西。奇怪的是目前还没有心理学家研究心理学的底层并且发现"捻烟头学"这一分支。对于家庭主妇来说，在收集被捻碎的烟头并扔掉的时候，可以利用烟蒂实践一点儿心理学：他们就在这儿，吸了一半的香烟，男人残忍地捻烟蒂，用与时间斗争的方式获取时间，结果却是徒劳的——爱神在烟嘴上留下了一个深红色的边沿——吸烟斗的人留下了可信任的烟灰：黑色的、捻碎的、干燥的。还有那些一根接一根抽烟的人，他们留下了节俭的残余，他们在点燃下一支烟之前，前一支烟已经快要烧到嘴唇。在这些心理学的底层里，至少很容易找到一些粗糙的标记体作为文明交际的副产品。火是多么善良，它销毁了所有的痕迹，只留下茶杯，几个玻璃杯，壁炉里红彤彤的火心，房屋的主人时不时地在火心周围堆上一些新的泥炭块。

所有那些没有意义的小册子，关于冰箱、罗马旅游、金色幽默、汽车和投资等，包装纸、报纸、票据、信封惊人地聚集在一起，汇成洪流直接转化为火焰。加上一些人们在海边散步的时候捡来的木棍、白兰地箱子的碎片，从船上落下的一把风干的楔子，洁白且干净——拿一根火柴点燃柴堆，火焰立刻跳跃起来。而时间，从下午 5 点到午夜的时间，迅速被安静的火光吞噬。人们的声音是那么低沉，如果有人在这里大喊起来，只可能

---

① 雪茄品牌。

有两种情况：生病的人或荒谬可笑的人。坐在这里的火焰旁边的人们，很有可能从欧洲逃学来到这里。这时莫斯科已经沉睡在夜幕中四个小时了，柏林两小时，甚至都柏林也已经半个小时了。海上仍然亮着一盏明灯，大西洋持续地一片一片地带走欧洲西部的棱堡状岩层。岩石掉入海中，沼泽中的小溪把黑色的欧洲土壤带入大西洋——年复一年，小溪轻轻溅着水花，它们把整片土地偷偷地、一点点地带入了大海。

逃学的人们微微颤抖着在火上添了些新的泥煤，炭块被小心地堆成一层一层的，照亮午夜的多米诺游戏；收音机的指针在波段表上不停地滑动以找到报时的频道，但是收到的都是国歌的片段。慢慢地，波段表上的光消失了，而后火光再一次从泥煤上燃起来：那里仍然还有一层泥煤，还可以燃烧一个小时，闪烁的火心上还有四块泥煤。每天例行要下的雨今天来得晚一些，今天的雨似乎是带着微笑，轻柔地落入沼泽，落入大海。

客人们纷纷驾车散去，汽车的声音伴着灯光消失在泥沼中。汽车的影子在山坡上渐行渐远，这时海滩和海面上依旧是亮的。夜幕的圆顶慢慢地向地平线移动，接着关闭了天顶的最后一条缝隙，但是天仍然没有全黑。这时乌拉尔地区①已经渐渐天亮了。欧洲如此窄，窄得就像一个短暂的夏夜。

---

① 俄罗斯乌拉尔山脉中、南段及其附近一带地区。

第十三章

当谢默斯想要喝一杯……

　　当谢默斯想要喝一杯的时候，他必须决定好什么时候口渴，只要这个地方有游客在（不是哪里都有他们），他就可以给自己某种程度上的许可，游客可以什么时候口渴就来一杯，这样一来本地人就可以在酒吧里安心地站在游客中间，何况他还代表着民俗要素，可以促进旅游业。但是 9 月 1 日以后，谢默斯就不得不约束他的口渴了。工作日时关门的时间是晚上 10 点，这足够糟糕了，因为在 9 月温暖干燥的日子里，谢默斯往往工作到 9 点半，有的时候更晚一些。但是星期日他必须强迫自己要么在下午两点之前口渴，要么在晚上 6 点到 8 点。如果星期日的午餐花费的时间较长，他会到下午 2 点以后才口渴，谢默斯会发现到这个时间他最喜欢的酒吧已经关门了，即使谢默斯不停地敲门直到酒吧老板来开门，他也得说着"非常抱歉"，他一点儿不想冒着罚款 5 英镑、去一趟县城或者丢掉一天工作的风险，就只为了喝一杯啤酒或威士忌。星期日的 2 点到 6 点酒吧必须关门，而且谁也不能完全确定当地警察的行踪。一些人在星期日丰盛的午餐之后，变得小心谨慎起来，开始沉醉在守法之中。当然谢默斯也吃了丰盛的一餐，他想喝杯酒的愿望并没什么大不了的，也没有多大罪过。

　　所以，2：05 分时谢默斯站在村子的广场上，思考着。在他干渴的喉咙的记忆中，禁用的啤酒自然比容易得到的啤酒味道好得多。谢默斯琢磨着：一个办法就是从棚子里推出自己的自行车，骑 6 英里的路程到邻村，邻村的酒馆老板必须给谢默斯自己村子的老板拒绝给他的东西——他的啤酒。这条令人匪夷所思的饮酒法令还有一个附加条款：从距本村 3 英里外的村子而来的人购买清凉饮料，店主不得拒售。谢默斯仍然考虑着：地理状况对他并不利。不幸的是谁也不能选择自己的出生地。而且，令谢默斯感到倒霉的是最近的酒吧不是 3 英里而是 6 英里远，这对爱尔兰人来说是个不寻常的倒霉事，6 英里内没有一个酒吧实属罕见。6 英里路到那里，6 英里路返回。为了一杯啤酒跑 12 英里，而且还有一部分是上坡路。谢默斯不是个酒鬼，如果是的话他就不会纠结这么长时间了，早就跳上自行车，一边蹬车一边快活地摆弄着兜里的先令，发出"丁零零"的声响。他只是想喝一杯啤酒：火腿里放了太多的盐，白菜里有太多的胡椒，一个男人用井水或白脱牛奶解渴是不是不体面？他盯着那幅挂在自己最喜欢的酒吧前的海报——一杯巨大的黑啤酒，画得十分逼真，甘草般的黑色，如此新鲜，冒着白色的、雪白色的泡沫，正被一只口渴的海豹舔舐着。"来杯吉尼斯黑啤的好日子！"噢！坦塔罗斯（Tantalus）[①]！火腿里放了那么多盐，白菜里放了那么多胡椒。

　　谢默斯咒骂着回了家，从棚子里取出自行车，气冲冲地骑上车。噢！坦塔罗斯！巧妙的广告力量！天气热，非常热，山路陡峭。谢默斯不得不下车推着走，流着汗咒骂着。他的咒骂不像饮酒的民族那样属于性的范畴，他的咒骂是属于酒精饮者的，比性咒骂更亵渎神明和理智，酒精这个词中不是包含着"精"这个字吗？他咒骂政府，也许还咒骂神职人员，他

---

① 希腊神话中主神宙斯之子。

们顽固地坚持着这个匪夷所思的法律（只因为在爱尔兰，神职人员对授予酒吧营业执照、规定营业时间和跳舞活动拥有决定权），这位流着汗的、口渴难耐的谢默斯几个小时前还虔诚地站在教堂里聆听福音。最后他终于爬到了山顶：这里上演了一幕滑稽戏。我很乐意讲述：在这里，谢默斯遇到了他的表兄，邻村的德莫特。德莫特也吃了咸火腿、胡椒白菜。德莫特同样不是一个酒鬼，他想要的仅仅是一杯啤酒，为喉咙解渴。他同样曾经在邻村站在活灵活现地画着黑啤酒和贪吃海豹的海报前，他也是站在那下定了决心，最终从棚子里取出自行车，推着上山，淌着汗咒骂着。现在他碰上了谢默斯，他们的对话简单却不敬神明。然后谢默斯飞速下了山赶去德莫特最喜欢的酒吧，德莫特赶去谢默斯最喜欢的酒吧，他们俩都会做他们从没打算做的事：他们将喝酒喝到不省人事，否则只为一杯啤酒或一杯威士忌跑这一大段路是多么不值得。这个星期日的某个时候，他们会再一次推着自行车上山，步履蹒跚地唱着歌，以几乎致命的速度冲下山。谢默斯和德莫特，他们根本不是醉鬼，或者他们终究还是在夜晚之前，成了醉鬼。

　　但是也许，两点钟当他口渴难耐地站在村子广场上盯着舔着啤酒的海豹时，谢默斯决定等待，没有从棚子里取出自行车，也许他最终决定：噢，多么丢人！用水或白脱牛奶来解救干渴的喉咙吧，手里拿着星期日的报纸躺在床上。他会在压抑的午后酷热和安静中睡着，然后会突然惊醒，看一眼钟表，疯狂地、就像被鬼追着一样冲到对面的酒吧。已经差 15 分钟 8 点了，他的口渴只剩 15 分钟了。店主已经开始机械地吆喝着："打烊了！请回吧！打烊了！"在匆忙和气愤中，总是有一双眼盯着钟表，谢默斯会喝下 3 杯、4 杯、5 杯啤酒，吞下几杯威士忌。表针滑向 8 点，越来越近，门口的守卫已经报告说村里的警察正慢慢逛过来：总有一些人在周日下午会遭受坏脾气和墨守成规的折磨。

如果在快到 8 点时发现自己还在酒吧里，你会听到店主突然喊道："打烊了！先生们！请回吧！"你会看到那些还不是醉鬼的人聚在一起，他们突然发现酒吧马上关门了，可他们还没喝够。如果不是这个疯狂的法律，他们根本就感觉不到这样：他们还没喝醉。差 5 分钟 8 点的时候酒吧的拥挤是惊人的，每个人都在为避免即将到来的口渴而畅饮，口渴可能会在 10 点、11 点到来，或者根本不会出现。另外，人们还觉得有义务请别人喝杯酒。所以店主不得不急切地叫自己的妻子、侄女、孙子、祖母、曾祖母和姑姑来帮忙，因为差 3 分钟 8 点的时候他还要倒 7 桌酒，60 品脱啤酒和同样多的威士忌，都要倒进肚子里，都要喝光。这种饮酒和慷慨的强烈欲望有点儿孩子气，就像他们偷偷吸烟一样，他们也偷偷地呕吐。最后一幕是野蛮无礼的场面：当警察在 8 点钟准时出现在门口的时候，面色苍白冷酷的 17 岁少年躲在牛棚里，往肚子里灌着啤酒和威士忌，遵守着愚蠢的男子气概的游戏规则。同时，店主塞满了腰包——成堆的英镑纸币、叮叮当当的银币、钱、钱。但法律同时得到了维护。

星期日绝对不会过去。然而，正好是 8 点整——还早呢。下午两点时谢默斯和德莫特上演的一幕现在可以被人群中的任何人重复：晚上大概 8 点 15 分，高高的山上，两群醉鬼相遇。为了遵守 3 英里的规定他们几乎互换了村了，互换了酒馆。在这个虔诚信奉天主教却从没有一个罗马士兵涉足过的国家，许多咒骂在星期日升入天堂：这是罗马帝国之外的一小块信奉天主教的欧洲。

第十四章

D 太太的第九个孩子

 D 太太的第九个孩子名为詹姆斯·帕特里克·派德，她出生那天正好是 D 太太的大女儿希奥布翰 17 岁的生日。希奥布翰的未来已经确定了，她会接管邮局，照看接线总机，接收并传送来自格拉斯哥、伦敦、利物浦的电话，出售邮票，开挂号信的收据，支付比收款多 10 倍的钱：来自英格兰的英镑、兑换了的美元、儿童补贴、盖尔人的奖金、退休金。每天 1 点钟左右，邮局的卡车到达，她会将密封蜡在蜡烛上方烤化，把带有爱尔兰竖琴标志的大印章盖在装有重要物品的大信封上。她不会像她父亲那样每天跟邮局的卡车司机一起喝杯啤酒，说些简短的客套话，这与其说是朋友在柜台边的闲谈，还不如说是严肃的礼拜仪式。所以这就是希奥布翰要做的事：从早晨 8 点到下午两点，她跟助手一起坐在邮局里；晚上 6 点到 10 点也是如此，照看着接线总机。她有大量的时间看看报纸，读读小说，或者用望远镜远眺大海。她把 12 英里以外的蓝色海岛拉近到 1.5 英里的距离，把海滩上游泳的人由 500 码的距离拉近到 60 码：海滩上那些来自都柏林的女人们，有的打扮时髦，有的打扮过时。但是，比短暂的游泳季节更长、更漫长的是死气沉沉的、寂静的时节：刮风、下雨、刮风。时不时地会有人来买 5 分钱的邮票往大陆寄信，或者有人将三四盎司的挂号信寄到慕尼黑、科隆或法兰克福，这些人使她不得不打开厚厚的收费表做着复杂的计算。或者有朋友来请她破译德语的电报密码："紧急通知、中止、立即回复。"希奥布翰会理解德语的"回复"是什么意思吗？她把这个词用女孩子的笔迹工整地填在电报表上。

无论如何，希奥布翰的未来看似确定了，就像世界上的任何事情都是确定的一样。更确定的是，她将来会结婚。她有着费雯丽（Vivien Leigh）般的双眸。在晚上，经常有一个年轻人坐在邮局的柜台边，摇晃着双腿。那种简洁的、几乎无声的谈情说爱继续着，那是一种只有在炙热的情感和几乎病态的害羞的情况下才会发生的情景。

"今天天气真不错，你觉得呢？"

"是的。"

沉默，飞速地交换了眼神，微微一笑，长时间地沉默。

希奥布翰很高兴，当接线总机嗡嗡响起的时候。

"您还在接听吗？您还在接听吗？"

一个插头拔了出来。一个微笑，一瞥，一段沉默，长时间地沉默。

"天气特别好，是吗？"

"是的，特别好。"

沉默，微笑，接线总机又来救援了。

"这里是杜基涅拉，这里是杜基涅拉——是的。"

插入插头，沉默，她用费雯丽般的双眸微笑着。而年轻小伙这一次声音沙哑着说：

"天气真好，是吗？"

"是的，真好。"

希奥布翰将会结婚，但是她依旧要照看这个接线总机，卖邮票，付款，在柔软的密封蜡上盖上带有爱尔兰竖琴的邮戳。

也许有一天她会突然反抗，当风连续刮几个星期的时候，当人们为抵抗暴风雨走路摇摇晃晃的时候，当持续降雨数周的时候，当望远镜无法将蓝色海岛映入眼帘的时候，当雾天泥煤的浓烟弥漫在空气中苦涩难闻的时候。但是无论发生了什么她都可以待在这里，这是一个令人惊奇的幸运。在她的兄弟姐妹之中，只有两个人可以留下来：一个弟弟可以接管一家小旅馆，而另一个如果不结婚的话，可以在小旅馆帮忙，因为一个小旅馆无法养活两大家子人。其他的人要移民或到乡下某个地方找工作。但是他们将去哪里生存、能挣多少钱呢？少数人在这里有稳定的工作，比如在码头工作、打鱼、挖泥煤或者在海滩上筛沙砾、装沙子，这些人每周赚 5 英镑至 7 英镑。如果一个人有他自己的泥煤坑、一头牛、几只鸡、一座村舍、有孩子们帮他，他大概可以养家糊口。但是在英格兰，一个劳动力如果加班工作，每周可以赚 20 英镑至 25 英镑，不加班的话每周可以赚 12 英镑到 15 英镑。这意味着一个年轻小伙子，即使他每周在自己身上花 10 英镑，也可以寄回家 2 英镑到 15 英镑。这里有许多老奶奶都是靠儿子或孙子每月寄来的 2 英镑过日子，有许多家庭靠着父亲每月寄来的 5 英镑过活。

有一件事是确定的，那就是在 D 太太的九个孩子中有五个或者六个得移民。小派德现在正被大哥耐心地摇晃着，他的妈妈正在为小旅馆的房客煎蛋、填满果酱罐、切白色与棕色相间的面包、倒茶。她把生面团放在铁模具里，在模具上堆满烧红的泥煤，好借助泥煤的火焰烤面包（这样更快，而且比用电烤箱更便宜）。14 年后的 1970 年，10 月 1 日或者 4 月 1 日，小派德就 14 岁了，他会提着挂着奖章的硬纸板手提箱，带上一包加厚的三明治，拥抱哭泣的母亲，站在汽车站，踏上去往克利夫兰、俄亥俄，到曼彻斯特、利物浦、伦敦或者悉尼的伟大旅程吗？他会去找某个曾经承诺过照顾他或者为他做点什么的叔叔、堂兄或者兄弟吗？

　　这样的离别在爱尔兰的火车站里、在泥沼中的汽车站里每天都发生着，在大西洋的海风吹拂中，眼泪与雨水混合在一起。祖父也站在那里，他熟知曼哈顿的峡谷、纽约的海滨，他在那里的工厂工作了30年。他迅速往男孩兜里塞了1英镑纸币，塞给这个留着平头，还流着鼻涕，大家像雅各哭约瑟一样伤心地告别着的男孩。汽车司机小心翼翼地鸣了笛，非常小心。他载过几百个，甚至是上千个男孩去火车站，他看着孩子们长大。他知道火车不等人，也知道一场已经结束的离别比即将到来的离别更容易承受。他挥了挥手，去往偏僻乡下的旅程开始了，路过沼泽中的白色房屋，孩子的眼泪混着鼻涕。汽车驶过商店，驶过父亲晚上常去喝一杯的小酒馆；驶过学校、教堂，驶过一个十字架的标志，司机在胸前也画了一个十字架。汽车停下了，更多的眼泪，更多的道别。米歇尔也要走了，还有希拉。眼泪，眼泪——爱尔兰的、波兰的、亚美尼亚的眼泪……

　　从这里到都柏林乘汽车和火车总共要走8个小时，这一路上还会捎上什么呢？站在火车拥挤的走廊里的人们拿着硬纸板箱子、破旧的手提箱或者是粗呢布包，姑娘们的念珠仍然缠绕在手上，小伙子们的弹珠仍然在裤兜里叮当作响。这些货物只是一小部分，4万人中每年只有几百人离开这个国家：工人和医生、护士、佣人，还有教师。爱尔兰人的眼泪将与波兰人、意大利人的眼泪混合在伦敦、曼哈顿、克利夫兰、利物浦或者悉尼。

　　星期日参加弥撒的80个孩子，40年后仅有45个还在这里生活。但是这45个人将会生下那么多的孩子，又会有80个孩子跪在教堂里。

　　所以，D太太的九个孩子里，五六个都得背井离乡。但是现在小派德被自己的大哥抱在怀里，母亲正为客人把龙虾放到泥煤火上架着的大锅里。平锅里炖着洋葱，瓷面桌子上蒸熟的面包正在慢慢变凉。大海低语着，希奥布翰那双费雯丽似的双眸通过望远镜眺望蓝色的岛屿。在晴朗的天气里，她可以看到海岛上的小村庄：房屋、谷仓、一座塔楼已经塌陷的教堂。那里现在一个人也没有，一个人也没有。鸟儿在客厅里搭了窝，海豹时不时地懒洋洋地躺在小海港的码头上，海鸥凄厉地叫着，就像废弃街道上孤魂的叫喊。"那里是鸟的天堂。"那些经常划船送英国鸟类专家去岛上的人如是说。

"现在我能看到它。"希奥布翰说。

"什么？"她的妈妈问。

"那座教堂，它全是白色的，被海鸥覆盖了。""现在你抱一下派德，"哥哥说，"我得走了，去挤奶。"希奥布翰把望远镜放到了一边，抱起了宝宝，一边摇晃着一边走着哼唱。她将来会去美国成为一名女演员或者电影明星吗？派德会卖邮票、照看电话机、20 年后拿起望远镜眺望荒凉的岛屿却发现教堂已经完全倒塌了吗？

对于 D 太太一家来说，未来、离别和泪水还没有到来。还没有人收拾硬纸板箱利用汽车司机的耐心来拖延一点儿道别的时间，甚至还没有谁想过这件事，因为在这里，当下比未来更重要。然而，这也强调了这种用即兴所作取代预先计划而导致的后果将由眼泪来平衡。

对西方神话的一点贡献

当我们的小船慢慢驶入小海港的时候，我们辨认出了坐在一片废墟前的长凳上的老头儿。他也许 300 年前就曾经这样坐在这里。他一如既往地抽着烟斗：不用费力就可以把烟斗、打火机、伍尔沃斯帽子转移到 17 世纪；老头儿随身带着乔治曾经装在船头的电影摄像机。几百年前的民歌歌手、流动僧侣可能也登上过这个海港，就像我们一样。老头儿掀起了自己的帽子，他的头发是白色的，松软厚实。他把我们的船拴好，我们跳到岸上，相视而笑，互相问候着"天气不错""好天气啊""天气真棒"。这些问候在一个天气总是被雨神所威胁的国家里显得复杂又简单。我们一踏上这座小岛，时间就仿佛像一股旋风停留在我们头顶。这里的树木和草原葱郁得无法用语言描绘。它们绿色的倒影投射到香农河里，它们绿色的光芒几乎触及天际，朵朵白云环绕着太阳，好似苔藓斑斑。这好像是达娜厄（Danae）① 的一幕或是金子从天而降。海岛上方是绿色的穹顶，太阳撒下光辉，为草原和树木披上片片金色，像金币那样圆，像金币那样亮，有时一枚金币跳到兔子的背上，转眼又掉落到草地上。

---

① 出自希腊神话，天神宙斯化身金雨水，滴落达娜厄屋内，与其相见。

　　老头儿有 88 岁了，与孙中山和布索尼（Busoni）① 同岁。他出生在罗马尼亚成为王国之前（建国之前），狄更斯②去世时他才 4 岁——他比炸药还年长 1 岁。所有的这些只是要把他捕捉到脆弱的时间网络里。他身后的废墟曾经是一座谷仓，但是 50 英尺远的地方是一座 6 世纪的废墟，1400 年前，克罗马诺的圣齐亚翰曾经在这里建了一座教堂，如果没有考古学家敏锐的眼光，20 世纪的墙与 6 世纪的墙很难区分，它们都散发着绿色的光泽，金色的太阳光斑散落其上。

　　就是在这里，乔治想尝试一种新的彩色胶片，而这个老头儿——比炸药还年长 1 岁的老头儿，被选中来表现"人情味"：他在香农河畔的夕阳下抽着烟斗，这个镜头被拍摄下来。几天后他就会出现在美国荧屏上，所有在美国的爱尔兰人将被勾起思乡的泪水，并开始唱起歌来。上百万张照片被冲洗出来，被散发着绿色光芒的薄纱笼罩。在玫瑰色的晚霞中，烟斗冒出的烟泛着蓝色，深深的蓝色——这便是他的样子。

　　但是第一杯茶必须得喝，喝很多茶，来访者得为讲述新闻付出代价。除了收音机和报纸以外，出自握过手、一起喝茶的人之口的新闻也有分量。我们在一个无人的庄园里的休息室喝茶，树木永恒的深绿树影似乎已经把墙染成了绿色，把狄更斯时代的家具涂成了铜绿色。这位用船带我们来此的退休英国陆军上校——由于他长长的红头发、尖尖的红胡须，他看起来像鲁滨孙·克鲁索③和梅菲斯特④的混合体——虽然打开了话题，但不幸的是，我发现自己很难听懂他的英语，尽管他好心地尽量试着讲得"很慢很慢"。

---

① Ferruccio Benvenuto Busoni（1866—1924），意大利钢琴家、作曲家。
② Charles Dickens（1812—1870），英国著名作家。
③ 英国著名作家丹尼尔·笛福（Daniel Defoe）代表作《鲁滨孙漂流记》中的人物。
④ 德国著名作家歌德代表作《浮士德》中的人物。

起初我只明白了交谈中的三个词：隆美尔①、战争与公正。我知道隆美尔在"战争"期间的"公正"是上校们最喜欢的话题之一。而且，我的注意力分散在老头儿的孩子、孙子和重孙子身上，他们或者看看屋子里，或者送来茶、热水、面包和蛋糕（一个 5 岁大的小女孩拿来半块曲奇饼放在桌子上以示热情好客）。他们所有人，儿女、孙子、重孙子，都有着尖尖的、三角形的、调皮的、心形的脸庞。这样的面庞经常在法国大教堂的塔楼上以排水口的形式俯视着忙碌的世界……②

乔治坐在那儿拿着摄像机，准备好拍摄，等着落日到来。但是那晚太阳落得很慢，对我来说尤为漫长，于是陆军上校从他最喜欢的话题换到另一个话题。他开始谈论一个叫亨利的人，这个人显然是俄国战争中的一位英雄。老头儿时不时地看看我，用他那双圆圆的淡蓝色眼睛惊讶地、疑惑地看着我，这时我就会点点头。我难道会否定亨利这个我不认识的人？否定鲁滨孙—梅菲斯特称赞的英雄事迹？

终于，太阳看起来似乎准备好拍摄了，按照导演的要求，太阳正慢慢落向地平线，也落向了美国的电视爱好者，我们慢慢走回香农河畔。太阳正快速落下，老头儿立即装满了烟斗。不过他吸得太快了，以至于当太阳的底边刚刚接触到地平线的时候，他的烟斗已经不再冒烟了，而这时老头儿的烟包已经空了，太阳也迅速地沉落了。一个农民站在夕阳中，嘴里的烟斗冒不出烟，看起来是那么死气沉沉：民俗的剪影、绿光中的银发、玫瑰色的眉毛。乔治匆忙地撕碎一些香烟塞在烟斗里，浅蓝色的烟又开始冒出来，这时候太阳已经有一半淹没在灰色的地平线下了。这是在日渐消退的荣光中的圣餐——烟斗冒着烟，摄影机呼呼作响，银发闪着光，以此向

---

① Elwin Rommel（1891—1944），第二次世界大战中德国陆军元帅，希特勒的爱将。

② 许多教堂屋顶设有排水口，多设计成各种动物、人物造型。

美国那些湿润的爱尔兰眼睛送上来自挚爱家乡的问候，一种新型的明信片。"我们会配上一段优美的风笛曲。"乔治说。

民俗是一种类似童真的东西，当你知道拥有它时，你便永远失去了它。太阳落下地平线时，老头儿站在那里略感忧伤。一道灰蓝色的暮光吞噬了绿色的薄纱。我们走到他跟前，又撕碎一些香烟塞到他的烟斗里。突然天气变冷了，潮气从四周涌来。然而这个岛屿，这个老头儿全家生活了300年的小王国，对我来说就像一块巨大的绿色海绵，一半在水上，一半在水里，水上的部分正从水下吸取着潮气。

壁炉中的火已经熄灭了，烧尽的泥煤落在红通通的煤块上。当我们起身慢慢走回小港口时，老头儿走到我旁边，惊异地看着我，他的眼神让我很尴尬。因为这眼神中似乎有一种敬畏，但是我并没有发现自己值得敬畏。在我上船之前，他热情地、腼腆地、带着由衷感情地握了握我的手，"隆美尔，"他温柔地、慢慢地说，声音里满是神话的庄严，"亨利，"他说，突然之间，之前我不明白的一切，所有谈及的有关这个"亨利"的事情，对我来说就像只在某种特定光源下才能看清的水印那样清晰可见。我意识到，这个"亨利"指的就是我①。乔治跳上船，站在我旁边，迅速照了几张晚霞中的圣齐亚翰教堂。乔治看到我的脸时笑了。

我调整呼吸，深深地吸了一口气，来改正这个神话。对于"隆美尔"或者"亨利"或者历史来说，听之任之似乎是不公平的。但是船的缆绳已经解开，鲁滨孙—梅菲斯特已经发动了引擎。我朝着海岛喊道："隆美尔不是战争，亨利也不是一个英雄，远不是这样！"但是也许那个老头儿只听懂了三个词：隆美尔、亨利和英雄。我又大喊了一个词："不是，不是，

---

① 作者名字的英语发音类似"亨利"。

不是，不是……”

　　在香农河畔这个鲜有陌生人到来的小岛上，也许 50 年或 100 年后，人们还会在暗暗发光的壁炉边讲故事，讲述隆美尔，讲述战争，讲述亨利。所以就是这样，被我们称为历史的东西侵入世界的偏僻角落：不是斯大林格勒①，不是无数被杀害的人们，不是欧洲城市的残垣断壁——人们将通过“隆美尔”“公正”和附加的名字“亨利”了解战争。这个亨利曾经亲身至此，站在深蓝夜色中的那艘渐渐驶去的船上大喊着“不是，不是，不是…”——一个如此容易被误解的词，也正因为如此而十分适合用来编造神话……

　　乔治笑着站在我身旁，他那个嗡嗡作响的摄影机也捕捉到了一个神话：晚霞中的圣齐亚翰教堂和那个老人。他满头白发，陷入了沉思。我们仍能看到他厚实雪白的头发在小海湾的墙前闪闪发亮——黄昏洒下的墨水中的一点儿银色。小岛、王国以及它的所有误解与真相都沉入了香农河，而作为舵手的鲁滨孙—梅菲斯特正平静地微笑着。“隆美尔——”他低声说，听起来像一句咒语。

---

　　①　现名伏尔加格勒，曾发生过著名的斯大林格勒战役。

第十六章

看不到天鹅

　　车厢里的红发女人轻声地与年轻牧师交谈着，牧师时不时地从他的《每日祈祷书》中抬起头，继续低语着，又抬起头，然后他索性合上了《每日祈祷书》，全神贯注地加入谈话中。

　　"旧金山？"他问道。

　　"是的，"红发女人说，"我丈夫送我们去那边的。我这是去看我的公婆，我还没见过他们，我得在巴利莫特下车。"

　　"那还要很长时间，"牧师低声说，"很长时间。"

　　"真的吗？"年轻女人温柔地问道。她个子很高，身材稍胖，面色苍白，她长着一张娃娃脸，坐在那儿活像一个大娃娃。这时她那3岁大的女儿拿起了牧师的《每日祈祷书》，活灵活现地模仿起了牧师的样子低声祷告。年轻女人抬起巴掌正要惩罚这个小姑娘，但是牧师挡住了她的手。

　　"请别阻止她。"他轻声说。

　　外面正下着雨，雨水顺着窗户淌下来。窗外的农民们在雨水淹没的田地里划着船，从水中捞着牧草；要洗的衣服挂在篱笆上，任雨水淋湿；湿透的狗冲着火车叫；羊群惊慌地跑开；火车里小女孩正手捧《每日祈祷书》祷告着，把她从夜晚祷告中想起的名字编进去：耶稣、圣玛利亚，给可怜的灵魂们留些地方。

火车停下来，一个浑身湿透的行李搬运工把一筐筐的蘑菇搬上行李车，卸下香烟和成捆的晚报，然后帮助一位站在雨中的女士打开雨伞……

站长忧愁地望着两列渐渐离去的火车，有时他会问自己——事实上，他到底是不是一个守墓人？这里每天四趟列车：两列出发，两列返程。有时一列货运车悲伤地缓缓驶离站台，就像去参加另一列货运车的葬礼。在爱尔兰，铁路与公路交口的栏杆不是为了保护火车而阻拦汽车，而是为了汽车阻拦火车。栏杆不是朝着公路方向开闭，而是跨在铁轨上。这样一来，粉刷整洁的火车站看起来有点儿像小规模的疗养地或休养所。其他国家的车站同行们都是军人模样的，站在货车呼啸而过时引擎的烟雾和轰鸣中向列车敬礼。与他们相比，这里的站长更像是车站的看护人。爱尔兰小小的火车站周围开满了花朵，有着整洁的、精心照料的花坛，有精心修剪的树木。站长微笑地望着远去的列车，仿佛在说："不，不，你们不是在做梦，这是真的，就是 4 点 49 分，我那钟上显示的时间。"旅客们都认为列车肯定是晚点了。列车是准点的，但是这个准点似乎有点儿虚伪：4 点 49 分这个时间太精确了，不可能在这些车站里都精准。不是钟表不准，而是时间，站长那个钟显示的时间。

绵羊逃开了，奶牛瞪大了眼睛，淋湿的狗狂吠着，农民们在田地里来回划着船，用网子捞着牧草。

一首柔和的曲子有节奏地从小女孩的嘴里冒出，我可以清晰地听到歌词里面有耶稣、圣母玛利亚，她在有规律的间隔中编入可怜的灵魂。红发的女人却变得越来越不安。

"不是这个站，"牧师轻声说，"到巴利莫特还有两站。"

"在加利福尼亚，"年轻女人说道，"天气很温暖，总是阳光灿烂。爱尔兰对我来说太陌生了，我已经走了 15 年。我总是用美元计算，我再也无法习惯英镑、先令和便士。您知道的，神父，爱尔兰越来越悲伤"。

"是因为这雨。"牧师叹了口气说。

"当然，以前我从没走过这条路，"女人说，"但是我去过其他地方，几年前，在我走之前，从阿斯隆去戈尔韦。我经常走那段路，但是看起来住在那里的人比以前少了，变得很安静，让我的心脏都快要停止跳动了，我很害怕。"

牧师叹了口气，什么也没说。

"我害怕，"年轻女人低声说，"我还得从巴利莫特走 20 英里，先乘公共汽车，再步行穿过沼泽。我害怕水、雨水和湖泊、小河、小溪还有更多的湖。您知道的，神父，爱尔兰似乎到处都是洞穴。篱笆上的那些衣服永远也晒不干，牧草也会漂走——您不害怕吗，神父？"

"那只是雨，"牧师说，"别让它如此困扰你。我知道那种感觉，有时我也会害怕。两年前我曾有一个小教区，在克罗斯莫利纳和纽波特之间。那里经常连续几周下雨，有时还有暴风雨。那里只有高高的山，深绿色伴着黑色——您知道内芬贝山吗？"

"不知道。"

"就离那儿不远。雨、水、沼泽——当有人带我去纽波特或者福克斯福时，一路上总是水——总是路过湖泊和海。"

小女孩合上了《每日祈祷书》，跳上了座位。胳膊抱住妈妈的脖子，悄悄地说："我们会淹死吗，真的吗？"

"不会的，不会。"她的妈妈说，但是她看起来似乎不是非常确定。外面雨水拍打着车窗，火车疲倦地慢慢驶入黑暗中，好像爬行着穿过云雾。小女孩没精打采地吃了一个三明治，年轻女人抽着烟，牧师又拿起了《每日祈祷书》，现在——毫无察觉地——他模仿着那个小女孩，基督耶稣、圣灵和圣母玛利亚的名字出现在他的低语中，他又合上了书。"加利福尼亚真的那么美吗?"他问。

"那儿太棒了。"女人说，耸了一下肩。

"爱尔兰也很美。"

"很美，"女人说，"确实，我知道它很美。我是不是得下车了?"

"是的，就在下一站。"

火车进入斯莱戈车站的时候，雨还在下着。有人在伞下亲吻，有人在伞下流泪。一个出租车司机正趴在方向盘上睡觉，头枕在交叉的手臂上。我叫醒了他，他是那种友善的人，微笑着醒来。

"请问您去哪儿?"他问。

"去德拉姆克利夫墓园。"

"但是没人住在那儿。"

"也许吧，"我说，"但我还是要去。"

"再返回?"

"对。"

"好的。"

我们驶过水坑，驶过空旷的街道。在暮光中我通过一扇打开的窗户看到一架钢琴，琴谱上的灰尘看起来得有一英寸厚了。一位理发师站在店门口，摆弄着剪刀，似乎想剪断雨线；一个姑娘站在电影院门口，正涂着口红；孩子们胳膊下夹着祈祷书跑着从雨中穿过；一个老太太朝街对面的老头儿喊着："你好吗，派迪?"老头喊着答道："我很好——感谢上帝和圣母的保佑。"

"你真的确定吗，"司机问我，"你真的要去德拉姆克利夫墓园吗?"

"非常确定。"我答道。

小山周围布满了褪色的蕨类，就像一个红发老妇人湿漉漉的头发。两块岩石守卫着海湾的入口，"本布尔本和诺克纳里。"司机说，就像在向我介绍他不太在意的两个远房亲戚。

"那儿，"司机说，指着薄雾中矗立着的教堂塔楼。乌鸦围绕着塔飞翔着，成团的乌鸦，远远看去它们就像黑色的雪花。"我想，"司机说，"你一定是在寻找这片古战场。"

"不，"我说，"我没听说过什么战争。"

"在 561 年，"他开始用导游的温和的语气说，"这里进行了一场战争，是世界历史上唯一一个因为版权发起的战争。"

我望着他摇了摇头。

"是真的，"他说，"圣科伦巴的信徒抄写了一部属于圣菲尼安的诗篇集，圣科伦巴的信徒和圣菲尼安的信徒之间便进行了一场战争，3000 人失去了性命，但是国王解决了争端。国王说：'就像小牛属于母牛一样，抄本属于原著。'你确定不看看那片战场吗?"

"不看了，"我说，"我在找一座墓。"

"噢，是这样，"他说。"叶芝的墓，是的，你肯定也要去茵梦湖岛看看。"

"我还不知道，"我说，"请在这里等我吧。"

乌鸦从古老的墓石上飞起，呱呱地叫着，盘旋在教堂塔顶。叶芝的墓是潮湿的，墓石冰冷，叶芝让人为他写下的碑文，字里行间冰冷得如斯威夫特①墓的冰针一般刺向我的心："投去冷冷地一瞥，对生、对死。骑着，

---

① Jonathan Swift（1667—1745），爱尔兰著名作家。

且前行。"我抬起头，是乌鸦对天鹅施了魔法吗？它们叫着嘲笑我，在教堂塔顶盘旋。蕨类平躺在周围的山丘上，被雨水拍打，变成铁锈色枯萎而逝。我觉得冷。

"走吧。"我对司机说。

"去茵梦湖岛吗？"

"不，"我说，"回火车站。"

薄雾中的岩石和孤独的教堂被拍打着翅膀的乌鸦环绕着，叶芝的墓边是 3000 英里的水面，看不到天鹅。

第十七章

习惯用语

　　在德国，如果一些不好的事情发生了，比如当人们错过了火车，伤了腿，或者破产了，我们会说：本不会这么糟的，无论发生什么总是最糟的。爱尔兰人却几乎相反，如果一个人伤了腿，错过了火车，或者破产了，他们说：本来会更糟的。他本来该伤的不是腿而是断了脖子，本来该错过死后上天堂的机会而不是错过火车，本来该患精神病而不是破产，而破产完全不是患精神病的理由。发生的事情永远不是最糟糕的。相反，更糟糕的事情从未发生过：如果一个人尊敬和爱戴的祖母去世了，他尊敬和爱戴的祖父本来也该去世的；如果农场烧毁了但是鸡得救了，这些鸡本该一起烧焦的，如果它们确实烧焦了——那么，更糟糕的应该是这个人自己本来也该死去的，但是那并没有发生。如果他本该死去的，那么，他便摆脱了所有困扰，通向天堂的路对每一个忏悔的罪人敞开着，那是世界上辛勤的朝圣者的目标。弄伤腿、错过火车、破产后活了下来这些糟糕的事情跟我们一起时，我们的幽默感和想象力便遗弃了我们。而在爱尔兰，这正是它们开始起作用的时候。为了劝说某个疼痛地躺着或缠着石膏绷带走路蹒跚的腿受伤的人，"本来会更糟的"不仅是一种安慰，而且是一种需要诗人天赋的职业。画一幅画展示颈椎骨折的痛苦，说明脱臼的肩膀是什么样，或是压碎的头盖骨。伤了腿而蹒跚走路的人感到了很大慰藉，庆幸自己只遭受了一个小小的不幸。

命运就是这样有无限的信誉，人们自愿顺从地付着利息。如果孩子们卧病在床，痛苦悲惨地咳嗽着，急需精心的护理，你必须庆幸自己是幸运的，还有能力照顾孩子。在这里想象力是没有边界的。"本应该更糟的"是最常用的惯用语之一，也许是因为太多时候事情都是特别糟糕，而更糟糕的事情为慰藉提供了相对性。

"本应该更糟"的孪生姐妹是一句同样普遍的句子："我不担心"。这来自分分秒秒日日夜夜都需要担心的民族，100年前，在大饥荒时期，由于几次连续的饥荒，这个全国性的大灾难不仅立刻有了灾难性的后果，而且这种恐惧还代代相传直到今天——100年前，爱尔兰大概有700万居民，那时波兰人口可能少得多，但是今天波兰有2000多万人口，而爱尔兰只有惊人的400万。然而爱尔兰，上帝知道，确实没有被强大的邻国分割过。在生育过剩的国家中，700万到400万的人口锐减意味着有大批人移民他国。

抚养六个（经常是八个或十个）孩子成长的父母有充分的理由日夜焦虑，无疑他们会焦虑，但是他们也带着温柔的微笑重复着那句话："我不担心。"他们还不知道，也永远不会清楚地知道，他们孩子中的几个将会移民到利物浦、伦敦、纽约或者悉尼的贫民窟。但是终有一天，分别的时刻将会到来。六个孩子中的两个、八个孩子中的三个：希拉或者肖恩将动身去汽车站，手提硬纸板箱子，汽车将会把他们送到火车站，下了火车再上船。在这秋日阴郁的日子里，汽车站、火车站、都柏林的港口和雨中的科克都充满了泪水。他们穿过沼泽，走过废弃的房子。留下的那些抹着眼泪的人中，谁也不知道将来还能否见到肖恩和希拉。这是一段漫长的路，从悉尼到都柏林，从纽约回到这儿。很多人甚至不再从伦敦回到这里的家，他们会结婚生子，寄钱回家吗？谁知道呢！

然而几乎所有的欧洲国家都害怕劳动力缺乏，许多国家已经感受到了这一点。这里六个兄弟姐妹中的两个、八个中的三个知道他们不得不移民，牢牢地根植在人们心中的是对饥荒的恐惧。一代又一代的，这个鬼魂敲着钟。有时有人会相信这种移民是某种习惯，一种理所当然的义务。但是经济情况确实使移民成为必要：当1923年爱尔兰成为自由国家时，她不仅有大约一个世纪的工业化发展要去追赶，还要赶上新发展的脚步。在爱尔兰，几乎没有任何城市做到了这一点，没有任何工业或任何鱼市。所以肖恩和希拉不得不移民。

第十八章

道　别

　　说再见不是件容易的事，但是有时一切都指向别离。我们身无分文，新的收入是有的，但是还没到。天气变冷了，在我们能在晚报上找到的最便宜的客房里，地板陡得让人感觉自己正头向下滑向大海的无底深渊。坐在一列倾斜的过山车上，我们轻轻穿过了梦境和记忆之间的无人之地。穿过了都柏林，被房屋中间、我们床边的裂缝所惊吓。尼龙灯光和喧闹声从旁边的大街上包围了我们。我们紧紧地相互依偎着，孩子们在床上对着墙发出的叹气声，听起来像是找不到彼岸的哭叫求助声。

　　在这片梦想和记忆之间的无人之地里的，是整个国家博物馆的展品。每次我们从邮局文书那里听到钱还没有寄来的消息时，我们都要失望地回到这个神奇的梦乡。这些梦想和记忆已经变得像蜡像那样分明和僵硬了。就像是乘坐在魔法森林里的幽灵列车上，我们一头扎进了梦中的博物馆。圣布里吉得（St. Brigid）① 的鞋发着银色的光，在黑暗中微微闪烁。巨大的黑色十字架既被安慰又被震惊。身着浅绿色制服的自由军战士，绑着裹腿，戴着红色贝雷帽，向我们展示着他们的伤口和身份证件，用孩童般的

_____
　　① 爱尔兰民族的圣人。

声音向我们诵读着离别信:"我亲爱的玛丽,爱尔兰的自由……"一口 13
世纪的大锅掠过了我们,一只史前的独木舟,黄金的首饰微笑着,金子、
黄铜和银质的凯尔特佩饰像无数逗号一样挂在一条看不见的清洗管道上。
我们漂流过了三一学院的大门,但是这个灰暗的地方不寻常地被一位脸色
苍白的年轻女孩所占据了。她坐在图书馆台阶上啜泣着。她那亮绿色的帽
子被握在她手里,她在等待自己的心上人或者是在缅怀他吧。噪声和尼龙
灯光从街上涌了过来,像时光一样迅速超越了我们,也迅速成为历史。纪
念碑们迅速掠过我们,或者是我们掠过了它们。铜塑的人像手握着佩剑、
羽毛笔、卷轴和罗盘,看起来十分肃穆。胸部坚挺的女人们弹奏着里拉
琴,她们那甜美而又失落的眼神回望着几个世纪。一列列穿着海军蓝的年
轻姑娘们手握着曲棍球棒,无言而又严肃。我们很害怕她们会把球棍当作
棍棒使用。就这样被紧紧包围着,我们继续走马观花。我们看过的,现在
都在看着我们。雄狮向我们咆哮,狒狒飞越我们的通道,我们被长颈鹿的
长脖子举起又放下。鬣鳞蜥的一只不动的眼睛再次告诉我们它的丑陋。利
菲河那混沌的河水又绿又脏,咆哮着流过我们。海鸥尖叫着,一块在梅奥
的沼泽里找到的 200 年之前的奶酪,像一块黄金一样漂过了我们。微笑着
的警员向我们展示了他的降雨记录本。40 天以来,他只写下了字母"0",
写下了整整一列。而那个图书馆台阶上的女孩仍然在哭泣。

　　利菲河的水变黑了,将历史带入大海,就像船沉没后漂浮在水面上的
废物一样。盖着图章的文件就像测深锤一样漂浮着。签着华丽的姓名首字
母的条约,带着沉重的图章蜡的文献,木制的剑,纸箱做的火炮,利尔琴
和椅子,床和纸杯,墨水池,绷带松动的木乃伊颜色发黑而又轻轻拍动,
就像棕榈树叶一样。这些都在河水里漂流。一位电车引导员从他的票簿中
扯出一张长长的纸卷,在爱尔兰银行的台阶上,一位老人正在数着手中的

钞票。一次，两次，三次，四次。邮局的文员回来了，带着一副悲伤的表情，他在小窗后说道："对不起。"

无数的蜡烛在抹大拉的马利亚那个红发罪人的雕像前燃烧着，一只鲨鱼的脊梁游过了我们，看起来像一个飘动着的风向袋。它的软骨是四分五裂的，一根根的骨骼像餐巾纸一样被卷了起来，消失在夜色中。700 个欧麦利游行经过我们，有棕发的，有白发的，有红发的，歌唱着他们部落的颂歌。

我们相互小声安慰着对方，依偎在一起，穿过了公园和大道，穿过了康尼马拉的山谷，穿过了克里的山川，穿过了梅奥的泥淖，走了二三十里，一直害怕会遇到恐龙。当时我们碰到的，不过是康尼马拉中间的电影院、梅奥中间的电影院、克里中间的电影院。电影院是用水泥筑成的，窗子被绿色的油漆封住了，电影院里的放映机像一头困兽一般鸣响着，鸣响着将梦露（Monroe）①、屈赛（Tracy）②和劳洛勃利吉达（Lollobrigida）③ 放映在了屏幕上。到了绿影的铁路上，我们还是害怕会碰见恐龙，我们走过了一望无际的高墙，孩子的叹气离我是那么遥远，我们回到了都柏林的郊区，穿过了棕榈树和夹竹桃，穿过了杜鹃花丛。那间房子越来越大了，树木越来越高了，我们和叹着气的孩子们之间的鸿沟越来越宽了，花园也越来越长大，直到我们都看不到房子了，我们钻进了那漫无边际的浅绿色草坪。

说再见是多么不容易啊，虽然在早晨，在阳光照进来的时候，女房东的吼声将我们睡梦里的沉船残骸像垃圾一样抛在了空中，虽然路过的公车

———————

① Marilyn Monroe（1926—1962），美国著名女演员。
② Spencer Tracy（1990—1967），美国著名男演员。
③ Gina Lollobrigida（1927—　），意大利女演员。

那"突突突"的声音惊到了我们，响得是那么有欺骗性，以至于我们还以为那是作为革命信号的机关枪声呢。但是都柏林并没有想要革命的想法。它只有早餐的想法，赛马、祈祷和电影胶片的想法。那位声音很大的女房东是来叫我们吃早餐的，美味的茶水流动着，女房东穿着长裙和我们坐在一起，吸着烟，告诉我们昨晚折磨她的声音，那是她一个淹死的兄弟在晚上呼唤她的声音，那是她已经去世了的母亲提醒她第一次圣餐时的誓言的声音，那是她已经去世的丈夫提醒她要远离威士忌的声音。这些声音是从一间小黑屋里发出的，她整天坐在那间房里，陪着她的只有酒瓶、抑郁和她的长裙。

"我的心理医生，"她说，突然把声音降了下来，"认为这声音是从我的酒瓶里来的，但我告诉他，最好别逆着我的心思说话，因为他可是靠这个吃饭的。你不想，"她换了种语气，"你不想把我的房子买下来吗？我会给你优惠的。""不，谢谢你。"我说。

"太糟糕了。"她摇头说。转身回到只有酒瓶、抑郁和她的长裙的小黑屋里去了。

再次被邮局职员的"对不起"拒绝后，我们又回到了国家博物馆，然后是画廊，然后是有着木乃伊的暗室，跟腌过的咸鱼相比，它们可是这个国家的客人。我们用最后的财产买下的蜡烛在教堂的圣像前很快就燃光了。我们又去了史蒂芬公园，喂了鸭子，坐在阳光下，听了赛马棕红云朵的获胜概率，挺不错的。中午，大批都柏林人做完了弥撒，分散在格拉夫顿大街上。我们还是没从邮局听到什么好消息。他的"对不起"听起来越来越绝望了，也许离他打开抽屉给我们一笔来自邮政部长的邮政贷款不远了，我看到他的手在抽屉前颤动了一下，他叹息着在大理石柜台上把抽屉换了一下。

　　幸运的是，那个手握绿色帽子的女孩邀请我们去喝茶，还给孩子们买了糖，在真正的圣安东尼像面前放上了蜡烛。当我们再次回到邮局的时候，我们在入口就能看到那位职员的微笑，他高兴地舔了一下手指，在大理石柜台上开始数钞票了，以胜利的姿态。一次，两次，很多次，他给我们的是小额面值的钞票，因为他太喜欢数钞票了。硬币掉在柜台上，发出了金属的声音。那个拿着帽子的女孩笑了：难道她没把蜡烛放在真正的圣像面前吗？

　　说再见真是不容易啊，穿着海军蓝、手拿曲棍球棍的一长队女孩们，现在不那么吓人了，狮子也不咆哮了，只有鼹鳞蜥的那一只不动的眼睛再次告诉我们它那古老的丑陋。点唱机吟唱着，电车引导员从票簿中扯出一卷长长的纸带。蒸汽船鸣笛了，海边吹来一阵清风，许多箱啤酒被装进了邮轮那黝黑的肚皮里，甚至连纪念碑也在微笑，梦里的阴暗被羽毛笔、缰绳、竖琴和剑消除了，只剩下一张旧报纸顺着利菲河向大海飘去。

　　在新的一份晚报上刊登着三封读者来信，要求把尼尔森的雕像推倒。有 37 座房屋出售，有一则寻房启事。在凯里郡的一个小地方，多亏有当地节庆委员会的努力，才举办了一次真正的节日庆典，背口袋赛跑、赛驴、赛艇，还有一个慢速自行车赛，背口袋赛跑的胜利者对着当地媒体的摄影师微笑着。她展示了美丽的笑容和满嘴的坏牙。

　　我们在那倾斜的地板上度过了最后一小时，就像我们坐在屋顶上一样玩着纸牌，屋里没有椅子和桌子。我们坐在行李中间，窗户打开了，旁边的地板上放着茶杯。我们在许多纸牌中间苦苦追寻着一张红桃 J 和一张黑桃 A，街上那欢快的噪音又把我们包围了，房东有酒瓶、抑郁和她的长裙在小黑屋里陪伴，女佣人边看着我们玩牌边微笑着。

　　"这不错啊，"带我们去车站的司机笑着说，"令人高兴啊。"

"什么不错啊?"我问。

"天气啊。"他说。"难道今天天气不好吗?"我同意。当我付钱的时候,我抬头向上看去,看到在一间房屋的房前,一个年轻女人正将橘黄色牛奶瓶放在窗台上。她向我笑笑,我也向她笑笑。

十三年后

在 13 年后，对于面包匠来说是 12 年，这本书写成已经 13 年了。那时爱尔兰跨越了一个半世纪，又停滞了 5 个世纪，是该对爱尔兰盖棺定论的时候了，所以我决定将再写一本关于那个国家的书的计划放在遥远的未来。将我那些攒下的笔记放进缝衣篮里。其中一则笔记，我更改了四次，对展示爱尔兰的变化极有好处。它是备忘录体的：杜基尼拉的狗——1958年记下的，另外三则是 1960 年、1963 年和 1964 年记下的，到了 1965 年再记下这样的笔记是没有必要的了，因为杜基尼拉的狗已经不是那样的了，直到 1964 年，我每次开车穿过村子去海滩的时候它们还总是那样做呢。它们不再跟着汽车一起跑了，不再离汽车的保险杠那么近了。每家每户，每隔一堵墙，都有了一条新狗，像接力似的冲着过往的行人和汽车叫着，不再跟着车跑了。我想它们已经对此习惯了，这也许说明了一切。很久以前，因为我喜欢他们的脾气、热情和他们的才智，我把杜基尼拉的狗硬塞进了一个跟爱尔兰一点儿关系都没有，但是跟德国关系不小的故事里面。还有许多这样令人不安的笔记浮出水面：定居点的人们，在山谷学校门前的周日弥撒……缝衣篮已经装满了。

13 年后，现在的爱尔兰是停滞了两个世纪，又跨越了 5 个世纪，我想不会再有红色印第安人从天而降了。利默里克也不是 1954 年的利默里克了。而且，令我遗憾但是大多数爱尔兰人不遗憾的是，修女们不再出现在报纸上了，其他事情也消失了，安全别针和气味，尤其是后者，仍然令我遗憾，但是多数爱尔兰人不遗憾。不仅是因为我有一个灵敏的鼻子，还因为一个有气味的世界可比没有气味的世界要有趣多了。有些事情来到了爱尔兰，有一个不祥的东西叫作"避孕药丸"，这是要让我瘫痪的，在爱尔兰出生的孩子越来越少了，这让我不高兴。我知道，我说得容易，我想让他们大量存在：我既不是他们的父亲，也不是当地政府。当他们必然地离家去移民时，我是没必要和他们两地分离的。我没有在世界其他地方看到过这么多自然可爱的孩子。我知道，药丸陛下会完成所有英国国王陛下都没能完成的壮举，那就是成功地减少爱尔兰儿童的数量，我不觉得这有什么可高兴的。

在这 13 年中，爱尔兰发生了许多事情，许多更糟的事情。我知道这些是因为我读了很多关于爱尔兰的东西，我知道一些事情，也许有人会说，我知道很多，但是，这是远远不够的。我的无知是因为过去，我的内疚感、我的知识，都是不够的。我也读了不少爱尔兰文学作品，然而这个完全不一致的共和国，通过文学和我进行了最清楚的交流。贝克特（Beckett）①、乔伊斯、贝汉（Behan）② ——都是具有非常，甚至是极端的爱尔兰气质，但是三者又如此不同，比澳大利亚和欧洲之间的差距还大。很难想象一个像帕奈尔（Parnell）③ 这样杰出的人物可以绽放而又背叛国

---

① Samuel Beckett（1906—1989），法国著名作家、评论家和剧作家，《等待戈多》的作者，出生于爱尔兰。

② Brian Behan（1926—2002），爱尔兰作家。

③ Charles Parnell（1846—1891），爱尔兰国会党领导人。

家的，尤其是他是如何背叛的。或者是毕格尔①，我认为是真正发明了荒诞派戏剧的国会议员先生，通过发表毫无意义的发言，他成功地把英国议会关闭了几个小时、几天。这个国家还诞生了另一位杰出的人物，那就是迈克尔·科林斯（Michael Collins）②，那个"笑容男孩"，他也许也被背叛了。最后，是那个开始了一件开始是感人、后来却不那么感人的事情的爱尔兰诗人。在列宁接管一个帝国18个月之前，这个爱尔兰诗人搬走了另一个被认为是不可摧毁的帝国脚下的第一块石头。这个帝国远远不是不可摧毁的。这个诗人，托马斯基托（Thomas Kettle）③的其中一座纪念碑上写着这样一句话：

莫为国旗而亡，莫为国王而亡，莫为皇帝而亡。

若是要牺牲，为的只是一个诞生于牧人棚中的梦。

还有那为穷人而写的经文。

我读了许多关于爱尔兰的东西，也学到了很多。其中最为重要的一点，我认为是被"科学地""客观地"证明过，被卫星证实过的，那就是，爱尔兰比任何其他欧洲人都离天堂更近，准确地说，是近120英尺。这对我们的母亲——教会，会起到安慰作用。虽然她既固执又耐心，尤其是在那白色的"药丸"殿下慢慢登上所有爱尔兰省份报纸的时候，在那些修女（特别是那些有四个到七个弟兄姐妹的）消失在报纸上的时候。那些"药丸"不仅向着艾琳的海滩进发，还占领了沼泽地里的最后一座木屋，甚至到了在远方的西部，诺言开始的地方，驴子们充满爱意地相互叫着晚安的地方。

我开车从都柏林横穿爱尔兰，一路向西来到那绿色的海浪打向孤独的

---

① 原文为 Biggar。
② Michael Collins（1890—1922），爱尔兰革命领导人。
③ Thomas Kettle（1880—1916），爱尔兰作家、政治家。

告过车里的家人们保护好自己之后。我的家人们没过多久就成了"受困的家庭"。这个国家喜欢罢工，也喜欢安息日，星期天是没有公交车和火车的。我们只好听从了一个过路人的意见，去询问克莱尔莫里斯的车站站长是否能乘坐朝圣者列车（他们当然是运行的了，这是肯定的）。我们被允许上车，而且被很有礼貌地安排在了餐车上，这样我们在去都柏林的一路上就可以一直聆听扬声器里那些赞美诗、礼赞、布道和圣歌了。这还不算杰出的，真正杰出的是我成功地说服了餐车上的服务员让我们喝了几瓶威士忌（我们理应享受，不是每天你都会故意开车撞到墙的）；真正杰出的是引导员的技术，他同时完成了四个动作，他在胸前比画了一个十字架，一边捻着念珠，一边看着报纸，一边收了我们的车票。对于一个爱尔兰籍的作家来说，这个国家有许多激起灵感的东西，但我不是爱尔兰人，而且在我使用的写作语言的国家也有足够灵感了，事实上，在我使用的写作语言的国家里，天主教给我的灵感已经足够了。

海因里希·伯尔

1967 年于科隆

出版说明

　　本书原著使用的是英制计量单位，若将其一一换算成我国法定计量单位将使所有数字成为近似值，进而失去原书数值准确性，故为保证原书数值准确性和基本风格，本书的计量单位仍袭原著。具体换算方法如下：1 英里 = 1.6093 公里，1 英尺 = 0.3048 米，1 英寸 = 2.5400 厘米。